A Rainha das Encruzilhadas

Cissa Neves

A Rainha das Encruzilhadas

MADRAS

© 2024, Madras Editora Ltda.

Editor:
Wagner Veneziani Costa (*in memoriam*)

Produção e Capa:
Equipe Técnica Madras

Ilustrações Internas:
Acácia Almeida

Revisão:
Arlete Genari
Francisco Jean Siqueira Diniz
Neuza Rosa

Dados Internacionais de Catalogação na Publicação (CIP)
(Câmara Brasileira do Livro, SP, Brasil)

Neves, Cissa
A rainha das encruzilhadas/Cissa Neves. – São Paulo: Madras, 2024.

ISBN 978-85-370-0893-5

1. Mediunidade 2. Psicografia 3. Romance brasileiro 4. Umbanda (Culto) I. Título.

13-13967   CDD-299.672

Índices para catálogo sistemático:
1. Romance mediúnico: Umbanda 299.672
2. Umbanda: Romance mediúnico 299.672

É proibida a reprodução total ou parcial desta obra, de qualquer forma ou por qualquer meio eletrônico, mecânico, inclusive por meio de processos xerográficos, incluindo ainda o uso da internet, sem a permissão expressa da Madras Editora, na pessoa de seu editor (Lei nº 9.610, de 19.2.98).

Todos os direitos desta edição reservados pela

MADRAS EDITORA LTDA.
Rua Paulo Gonçalves, 88 — Santana
CEP: 02403-020 — São Paulo/SP
Tel.: (11) 2281-5555 – (11) 98128-7754
www.madras.com.br

Dedicatória

*Quero dedicar este livro às pessoas que colaboraram comigo, ajudando-me, apoiando-me e incentivando-me para que esta obra se tornasse pública.
Ao pai Rubens Saraceni, ao pai Laerte Nogire, à mãe Cristina Nogire e para minhas amadas filhas.*

Índice

**Parte I – História da Vida na Carne da
Senhora Pombagira Rainha das Encruzilhadas**

    Capítulo I – A Rejeição 11

    Capítulo II – A Herança 18

    Capítulo III – A Dor pela Violência 23

    Capítulo IV – A Vingança 28

    Capítulo V – O Plano Cruel por meio da Erva Venenosa...33

    Capítulo VI – A Emoção ao Rever a
    Árvore na Encruzilhada..38

    Capítulo VII – A Partida de Lenór e o
    Encontro com Lusion 46

    Capítulo VIII – O Primeiro Encontro com San 51

    Capítulo IX – O Início de uma Grande Paixão 57

    Capítulo X – Substituindo o Ódio por uma
    Grande Paixão 62

Capítulo XI – Buscando Equilíbrio
nas Águas da Cachoeira 68

Capítulo XII – As Doces Palavras de San 73

Capítulo XIII – A Tragédia em Nome da
Paixão e do Ódio 76

Parte II – História da Vida em Espírito da Senhora Pombagira Rainha das Encruzilhadas

Capítulo I – A Vida Após a Morte 89

Capítulo II – O Senhor de Capa Com Gorro 93

Capítulo III – Os Mistérios do Fogo e o Senhor de
Capa Reluzente 97

Capítulo IV – Os Processos de Cura 101

Capítulo V – A Visão da Queda 107

Capítulo VI – O Resgate no Campo-Santo 114

Capítulo VII – De Volta aos seus Domínios 121

Capítulo VIII – A Falange e o Brilho do Punhal 127

Capítulo IX – De Volta aos Domínios de um
Grande Senhor 132

Capítulo X – Curando os Afins 139

Capítulo XI – A Visão Através da Pedra e o
Grandioso e Emocionante Trabalho de Cura 146

Parte I

História da Vida na Carne da Senhora Pombagira Rainha das Encruzilhadas

CAPÍTULO I

A Rejeição

Há alguns séculos passados, vivi na carne minha última reencarnação. Os tempos naquela época eram um tanto diferentes dos vividos hoje pelos humanos, mas com algumas exceções, como a violência, o desejo de vingança, as paixões desordenadas e a ignorância. Então só agora, com uma grande parte dos seres humanos, com a mente aberta para a espiritualidade e buscando a evolução espiritual, tive permissão para contar minha história de vida na carne e de vida em espírito e trazê-la para o meio humano. Hoje alcancei meu grau e degrau e ocupo meu trono no polo negativo do Criador de tudo e de todos e atuo em prol da Luz e da Lei.

Nessa minha última encarnação nasci em uma família composta por três pessoas: um pai carrasco e cruel, uma mãe submissa e um irmão sem caráter. A submissão de minha mãe se devia ao fato de que naquela época as mulheres não atinavam nem opinavam em nada, com exceção de algumas.

Fui rejeitada, assim que nasci, por ter nascido menina, pois naquela época os pais só aceitavam de bom grado os filhos que nasciam meninos. Morei com meus pais, meus primeiros quatro anos de vida, e só voltei a morar com eles novamente por volta dos 13 anos, quando vivi o maior tormento vindo de um ato cruel daquele homem que se dizia ser meu pai. Nos primeiros quatro anos que morei com meus pais, só me lembro do desprezo e das maldades que meu pai fazia comigo. Entre outras coisas, ele me trancava no porão da casa e dizia que eu estava de castigo, sem que nem soubesse o porquê, e lá me deixava por horas. Quando me tirava do tal castigo, era me puxando pelos cabelos; não me deixava entrar em casa e fechava a porta, deixando-me do lado de fora, e por muitas vezes eu ficava ali toda encolhida, com frio e com muito medo. Quando resolvia abrir a porta e me colocar para dentro de casa, era sempre com empurrões e xingamentos.

Não me lembro de ter recebido do meu pai nenhum gesto de amor e de carinho. Quando eu tinha 4 anos e alguns meses, meu pai me mandou para a casa de um parente que morava muito distante de nossa residência; esse parente era um irmão de meu pai e, para meu alento, não era nem um pouco parecido com meu pai. Eu era pequena, mas assim que chegamos, percebi que ele era um homem melhor. Ao chegar na casa do meu tio Silvério, era esse o nome dele, deparei-me com uma menina, por volta dos seus 8 anos; essa menina era filha do meu tio Silvério e de minha tia Oliva, que vivia adoentada e acamada. Meu tio Silvério não era um homem cruel e maldoso como meu pai, mas ele era um tanto sério e frio, em razão da doença de minha tia Oliva, pois ele sofria com esse fato.

Por não conhecer nada nem ninguém ali na casa do meu tio, nem ter o hábito de falar, como era normal em uma criança de minha idade, fiquei acanhada e me encolhi ali em um canto da casa enquanto meu pai e meu tio conversavam. Fiquei ali um tempo olhando aquela menina que tinha por volta dos seus 8 anos e que também ficou de longe me olhando, mas logo se aproximou de mim e se apresentou dizendo: "Oi, meu pai me falou que sou sua prima, me chamo Lenór."

"Então respondi: Eu me chamo Miliny".

Para as crianças, a amizade acontece em um processo bem rápido, pois elas têm coração puro. Então, Lenór me pegou pela mão e me puxou; saímos e começamos a correr em volta da casa e pela fazenda, pois a bela casa do meu tio Silvério era a sede da fazenda. Era um lugar muito bonito e muito amplo, e eu já estava começando a me sentir bem ali, correndo e brincando com minha prima Lenór. Ali na fazenda havia muitos homens trabalhando, muitos cavalos e também diversas árvores de qualidades variadas, grandes e belas, que deixavam tudo verde por ali, e havia um lindo jardim em frente a casa.

Adorei brincar e me pendurar naquelas árvores. Nesse mesmo dia que lá cheguei, foi pendurada ali em uma daquelas árvores que avistei meu pai dali se retirando e me deixando, sem ao menos se despedir de mim. Eu não entendia as coisas direito ainda, pois era muito pequena, mas fiquei triste e chorei um pouco ali pendurada na árvore por um tempo, pois mesmo meu pai sendo cruel e maldoso comigo, eu gostava dele. Os dias foram passando e eu e minha prima Lenór fomos crescendo, mas sempre brincando e correndo pela fazenda. Um dia, quando estava correndo e brincando, descobri uma encruzilhada ali na fazenda do meu tio, e nessa encruzilhada havia uma enorme árvore, que para mim era a mais bela de todas e, aos meus olhos, essa árvore era diferente. Chamava-me a atenção aquela árvore em meio a encruzilhada, eu senti como se já conhecesse aquele lugar e tivesse vivido ali. Fiquei encantada com aquele lugar e, durante todo tempo que lá vivi, era nessa encruzilhada, sob a sombra dessa bela árvore, que eu brincava e por muitas vezes chorava. Minha prima Lenór sabia que aquela encruzilhada, com aquela enorme e bela árvore, era meu lugar preferido da fazenda. Nós, eu e Lenór, íamos lá quase todos os dias, então, chamávamos esse lugar de árvore das encruzas, e Lenór também aprendeu a gostar de lá.

Como vivi na fazenda até meus 13 anos, foram muitos momentos vividos sob a sombra da árvore das encruzas. Durante todos os anos que vivi na casa de meu tio, poucas vezes vi meu pai lá, mas em nenhuma dessas vezes que ele foi lá, falou comigo; para ele era como se eu não existisse, então era também nesses momentos, que eu via meu pai por lá e ele não vinha falar comigo, que eu saía de casa correndo e ia chorar sob a sombra da árvore das encruzas. Em uma dessas vezes que meu pai foi lá na fazenda de meu tio, eu me escondi e ouvi uma conversa entre ele e meu tio Silvério, em que meu pai dizia a meu tio:

– Vou deixar essa menina aqui até que cresça e eu lhe arrume um casamento, pois lá em minha casa, ela só me causará problemas e não quero a presença dela por lá. Apenas vou levá-la novamente para minha casa quando ela estiver pronta para casar.

Meu tio respondeu:

– Nestor (esse era o nome do meu pai), essa menina é sua filha e é sua obrigação de pai cuidar dela, criá-la e educá-la; além do mais, Miliny é uma boa menina, é muito esperta e inteligente; por mim ela pode ficar aqui o quanto quiser, além do mais minha filha Lenór se afeiçoou muito a ela, mas ela precisa crescer junto de você e logo será uma moça, assim como minha filha Lenór, que já é praticamente uma moça.

Mas meu pai não deu ouvidos ao meu tio e foi se retirando. No dia em que ouvi essa conversa, eu já estava com 10 anos e Lenór por volta dos 14 anos. Mais uma vez, nesse dia, fui chorar sob a sombra da minha árvore das encruzas e lá chorei muito de tristeza em ouvir mais uma vez a rejeição de meu pai por mim. Mas, mesmo com toda a rejeição dele, eu não conseguia odiá-lo, tudo que queria era um pouco de carinho e de amor de pai, mas esse sentimento ele nunca teve por mim!

 Os anos foram se passando e tivemos vários acontecimentos ali na fazenda nesse meio tempo. Como eu vivia correndo, brincando e muitas vezes chorando ali pela fazenda, algumas vezes saía sozinha, sem a companhia de Lenór. Um dia, caminhando ali pelos arredores da fazenda, conheci uma senhora que morava em um casebre bem próximo da mata, aprendi a gostar bastante dela; era uma senhora dócil, mas firme em suas palavras e conversava muito comigo. Ela se chamava dona Preta; eu gostava de ir lá no casebre dela, porque era diferente; eu achava fresquinho, o chão era de barro bem lisinho, as paredes também eram desse barro; era coberta com um capim estranho e havia muitas ervas plantadas em frente ao casebre. Dona Preta chamava essas ervas de "ervas curadoras"; eu gostava de lá e, sempre que podia, ia visitar dona Preta, pois meu tio Silvério não se importava com minhas visitas. Ele também tinha apreço por ela e de vez em quando ia buscar algumas de suas ervas curadoras, uma vez que era por meio delas que ele amenizava um pouco o sofrimento de minha tia Oliva, mas ele sempre pedia um conselho a dona Preta sobre qual erva deveria levar e como preparar. Ela conhecia muito sobre os mistérios da Natureza e também sobre as ervas. Então dona Preta me levava com ela para andar pelas matas e me ensinava muito a respeito dos mistérios da Natureza e também sobre as ervas; ela me ensinava sobre as ervas que curavam e inclusive me mostrava as que não podiam ser usadas, pois eram ervas venenosas e poderiam levar uma pessoa à morte instantaneamente. Devo dizer que aprendi muito com dona Preta sobre os mistérios da Natureza, sobre as ervas que curam e também sobre as ervas venenosas que matam. Eu aprendia tudo com facilidade, pois era uma menina inteligente e rápida nos pensamentos, como dizia dona Preta. Todas as ervas que ela me mostrava, ela pegava em suas mãos, apertava e colocava em minhas mãos e mandava eu sentir o perfume de cada uma delas, para que assim eu aprendesse a conhecê-las também pelo perfume; eu gostava muito do perfume das ervas; às vezes ela mandava eu fechar os meus olhos, pegava determinada erva, apertava em suas mãos, colocava em minhas narinas e pedia para eu dizer qual era aquela erva. Era muito boa aquela sensação, pois com o perfume das ervas eu sentia o carinho de dona Preta por mim. Mas o pior dos acontecimentos ali na fazenda durante esse tempo que vivi lá foi com meu tio Silvério. Como era de costume, ele, todas as manhãs, saía a cavalo pela fazenda, para dar ordens aos homens que trabalhavam lá. Em uma dessas manhãs, ele se levantou mais cedo do que de costume, tomou seu café matinal e começou a andar pela casa, como se estivesse observando alguma coisa. Voltou até o quarto onde estava sua esposa doente e a observou, mas ela ainda continuava adormecida; entrou também no quarto de Lenór, fixou o olhar em seu rosto e beijou suavemente sua testa; em meu quarto, apenas olhou pela fresta da porta por um instante e se retirou em seguida, parecia estar se despedindo de nós. Então ele pegou seu cavalo, o mesmo de todas as manhãs; era um cavalo muito belo e ágil, e era esse cavalo que meu tio Silvério gostava. Ele observou tudo lá no estábulo, olhou em volta de tudo, conversou um pouco com alguns empregados que estavam por lá, montou e saiu em seguida.

Só não imaginava meu tio Silvério o que o destino havia lhe preparado para aquela manhã, e saiu galopando. Em certo ponto da fazenda, seu cavalo assustou-se e em disparada embrenhou-se mata adentro; meu tio Silvério, que era acostumado com aquele cavalo e sabia cavalgar muito bem, ainda assim não conseguiu manter-se montado e teve uma queda fatal, quando seu pescoço quebrou por inteiro e ele teve morte instantânea ali mesmo onde caiu. Percebendo a grande demora de meu tio em voltar para a casa da fazenda, alguns de seus empregados, que haviam conversado com ele antes de ele sair cavalgando, foram à sua procura e, algum tempo depois, deparam com a mais triste cena de suas vidas: meu tio ali caído no meio da mata, já sem vida, mas seu cavalo permanecia ali junto dele, como se velasse por seu corpo.

Quando os empregados viram essa triste e comovente cena, caíram em prantos, pois meu tio era muito querido por todos os seus empregados, por ser bom e generoso. Então, eles recolheram o corpo do meu tio Silvério, colocaram-no sobre o cavalo e seguiram em direção à casa-grande. Foi com muita dor que recebemos essa triste notícia. Lenór, ao ver o corpo de seu pai sobre o cavalo, sem vida, entrou em desespero; achei que ela não aguentaria tamanha dor; chorou muito, desesperadamente, e abraçou o corpo de seu amado pai ali sem vida sobre o chão. Ela amava e admirava muito seu pai. Minha tia Oliva mal se aguentava sobre as pernas, por causa da sua doença, e chorava o tempo todo.

Eu estava sofrendo e chorando muito também pela morte do meu tio, pois apesar do seu jeito frio e sério, sei que ele tinha apreço por mim; era ele quem estava me criando e me educando para a vida, pois tudo que ele ensinava para Lenór, ensinava a mim também, e eu sentia que era com carinho, mas eu, na qualidade de prima de Lenór, a consolei muito, pois de nós três: eu, ela e minha tia Oliva, era Lenór a que mais estava sofrendo com a morte de meu tio.

Com esse acontecimento, eu já imaginava que tempos difíceis viriam pela frente em minha vida, pois com a morte do meu tio provavelmente eu não poderia mais viver ali. Minha prima era apenas uma menina e minha tia era doente, então não havia saída para mim ou para meu pai, que não me queria na casa dele, mas, dessa vez, ele teria de me levar de volta para casa, e foi exatamente o que aconteceu.

Capítulo II

A Herança

Passou-se algum tempo até que fossem resolvidas algumas questões sobre a administração da fazenda, e nesse meio tempo a doença da minha tia Oliva se agravava a cada dia, o que se devia também à morte trágica de meu tio Silvério e à falta que sentia dele. Ela não se conformava com a morte tão repentina dele e, enquanto a doença dela se agravava, precisei ser mais forte, para dar apoio a Lenór e ajudar os empregados da casa a cuidar da minha tia. Então, certo dia, estávamos eu e Lenór ajudando em alguns afazeres ali na casa, quando vieram até nós duas das criadas de minha tia, que cuidavam dela, e nos pediu para irmos até o leito dela, pois ela nos chamava; então eu e Lenór saímos apressadas e fomos até lá.

Entramos no quarto, minha tia já estava em seus últimos momentos de vida na carne. Nós nos aproximamos dela, ela segurou minha mão e a mão de Lenór, e apenas falou:

– Cuidem-se bem, meninas, pois sei que vocês duas serão mulheres à frente de suas épocas, mas não deixem que a vida tome conta de vocês, sejam vocês a tomar conta de suas vidas.

Foram suas últimas palavras, ditas bem devagar, e deixou sua vida na carne ali mesmo, segurando nossas mãos. Mais uma vez Lenór caiu em pranto, desesperadamente, enquanto abraçava o corpo de sua mãe já sem vida sobre a cama. Eu também sofria pela morte de minha tia Oliva, pois vivia sempre acamada, mas todas as vezes que podia, ela nos dava bons conselhos. Eu mais uma vez precisei ser forte para poder consolar minha prima; dias tristes vivemos eu e Lenór. Quando minha tia Oliva faleceu, eu já estava entre 12 e 13 anos de idade, e Lenór, entre 16 e 17 anos. Após a morte de minha tia, foi lido um documento que meu tio Silvério havia deixado escrito e lavrado pelas leis dos homens daquela época, no qual ele deixava aquela enorme e linda fazenda e todos os seus negócios em nome de Lenór, minha prima, e em meu nome também, em partes iguais, para assumirmos quando completássemos 21 anos, mas como Lenór era um pouco mais velha que eu, então só assumiríamos quando eu completasse 21 anos, e isso também estava escrito no documento. Nesse dia, minha surpresa foi tanta, que abracei Lenór e chorei muito, pois fiquei muito emocionada. Meu tio era um homem bom e, apesar do jeito frio e sério, cuidou de mim e me ensinou muitas coisas, e mesmo após sua morte, deixou-me amparada. Meu tio Silvério foi o primeiro homem bom e generoso que passou pela minha vida na carne e que o destino se encarregou de levar à morte, mas no passar dos anos, surgiu o segundo homem bom e generoso em minha vida, mas esse não foi o destino que o levou, fui eu mesma quem me encarreguei disso; mas falo sobre esse homem mais adiante.

Voltando à fazenda de meu tio, ou melhor, agora minha e de Lenór, após o término da leitura desse documento e terem sido resolvidos todos os assuntos burocráticos da fazenda, fomos levadas, eu e Lenór, para a casa de meus pais, pois ainda éramos menores de idade, eu com quase 13 anos e Lenór com quase 17 anos. Mas antes de irmos para a casa de meu pai, Lenór decidiu que, quando completasse 18 anos, ela voltaria para a fazenda e moraria lá; cuidaria de tudo até que eu completasse meus 21 anos para, então, assumirmos definitivamente tudo com partes iguais como meu tio Silvério havia deixado escrito. Aceitei de imediato, pois Lenór cuidaria de tudo muito bem; meu tio tinha bons, confiáveis e antigos empregados que iam permanecer ali para ajudá-la e, quando eu voltasse, já com meus 21 anos, assumiria meu posto com Lenór e com todos os empregados de dentro da casa e da fazenda, que eram bons, confiáveis e antigos; assim foi decidido entre nós, então, fomos levadas para a casa do meu pai.

Dias difíceis vivemos eu e Lenór, na casa do meu pai, pois a mim ele simplesmente ignorava, e com Lenór não era muito diferente, mas ainda trocava algumas palavras com ela; minha mãe não opinava em nada, como sempre, e mal falava com nós. Meu irmão, assim que chegamos, deixou a casa, porque já tinha 25 anos e também seus próprios negócios, pois sempre passava por cima dos mais fracos para obter seus objetivos; caráter ele não tinha nenhum, e a última vez que o vi foi quando lá cheguei com minha prima Lenór e ele deixou a casa em seguida.

O tempo foi passando e a duras penas Lenór completou 18 anos para alegria dela, pois não suportava mais morar ali naquela casa fria, sem diálogo, sem amor, sem calor humano. Então, como já havia combinado com um dos empregados de confiança do meu tio Silvério, o mesmo que ficou na fazenda à frente de tudo por lá, quando ela completasse 18 anos, ele viria buscá-la na casa de meu pai e levá-la de volta. Logo, Lenór voltou a morar na fazenda, onde nasceu e foi criada e que agora era de propriedade dela e minha, por decisão do meu tio Silvério ainda em vida.

A partir do dia em que Lenór se mudou para a fazenda, começaram os meus piores tormentos.

A cada dia eram maiores os maus-tratos de meu pai para comigo; quando não me ignorava, dirigia-se a mim com palavras agressivas; pouco se ouvia minha voz naquela casa, pois minha mãe não era de conversar e também, como já citei, não opinava em nada. Como era estranha a minha mãe, parecia que o único dever dela para comigo foi o de me trazer ao mundo. Mas sei que ela sofria com as atitudes de meu pai e, muitas vezes, sem querer, eu ouvia choros e gemidos de dor dela vindo do quarto de onde ela e meu pai dormiam, mas eu tinha medo até de passar perto daquele quarto.

A casa do meu pai era grande, e tinha um enorme corredor, onde ficavam os quartos; eu dormia em um dos quartos que deveria ser o menor da casa e que ficava aos fundos do corredor. Algumas vezes sentia medo de dormir lá, por ser no fundo do corredor, mas aquele foi o quarto que meu pai designou para mim. Nessa época eu já atingia meus 14 anos, mas nunca respondia nada para as palavras agressivas dele. Em uma noite bastante chuvosa e escura, fui para meu quarto assim que anoiteceu; cobri-me por inteira com um cobertor, pois estava frio, e adormeci logo em seguida. Mas, certa hora da noite, acordei assustada, quando ouvi passos vindos do corredor em direção ao meu quarto. Virei-me rapidamente para a porta e o susto que levei foi imenso, ao ver a porta se abrindo e meu pai entrando e fechando-a em seguida; estava escuro, mas ele rapidamente acendeu um pequeno lampião, que estava sobre o chão do meu quarto e que se acendia ao girar um pequeno botão.

No primeiro momento não entendi o porquê de meu pai estar ali em meu quarto e entrando dessa forma, como se estivesse se escondendo de alguém. Foi quando sem entender nada, vi meu pai se despindo da pouca roupa que lhe cobria o corpo; fiquei muito assustada, mas nem um pedido de socorro, nem um grito meu, ninguém ouviria, pois como citei, meu quarto era nos fundos do corredor e estava de porta fechada, mas ainda assim tentei pedir socorro, tentei gritar, pois meu desespero foi grande, quando percebi o que ali aconteceria; no mesmo instante, meu pai se atirou sobre meu corpo e arrancou minha roupa com brutalidade; tentei gritar por muitas vezes, mas fui impedida, pois ele tapava minha boca com uma das suas sujas mãos, e também com o impacto do seu corpo imundo sobre o meu, eu não conseguia gritar. Quanto mais eu esforçava desesperadamente para me livrar do imundo corpo dele sobre o meu, mais ele me machucava por inteira; então, com muita crueldade, brutalidade, agressividade, violência e sem nenhum escrúpulo, como um animal selvagem e sem alma, meu pai me violentou sexualmente, de forma que fiquei tão machucada, que não consegui nem me levantar, quando vi aquele ser imundo pegando suas vestes e se retirando do meu quarto, após esse ato cruel e desumano.

Eu fiquei ali no quarto chorando desesperadamente, sofrendo muito e sem saber o que fazer, pois sabia que meu pai me desprezava, me maltratava, me ignorava e não gostava de mim, mas nunca imaginei que ele fosse capaz de um ato tão cruel e desumano quanto esse que cometeu. Ele não violentou somente o meu corpo, mas também a minha alma, e marcou a minha vida pela dor e pelo ódio.

Capítulo III

A Dor pela Violência

Dessa maldita noite em diante, eu jamais seria a mesma menina; levaria comigo duras e amargas marcas, no corpo e na alma, pois fui submetida a todos os absurdos do sexo desordenado, desequilibrado e desumanamente cruel. Mesmo sendo ainda uma menina, nessa noite eu morri para a vida, pois uma mulher, ao ser violentada sexualmente por um homem, prefere que esse homem a mate, porque a dor que ela sente na alma é maior que a dor que sente no corpo carnal. Mesmo estando sangrando por todas as partes íntimas, eu era apenas uma menina, e me deparei com tamanha violência, crueldade e desumanidade, vindas daquele homem que se dizia ser meu pai. Realmente, após essa maldita noite, eu jamais fui a mesma, passei a ter ódio no coração e muita raiva do ser humano.

Logo após essa maldita noite, aquele que se dizia ser meu pai me arrumou um casamento. Havia naquela região um senhor, cuja idade era bem maior que a do meu pai. Assim que voltei da fazenda do meu tio com Lenór, via esse senhor por lá, pois ele tinha negócios com meu pai, esses que, pelo que eu muitas vezes ouvia, eram escusos, pois como dizia dona Preta, eu era uma menina inteligente e de pensamentos rápidos. Esse senhor era bem-sucedido e de grandes posses ali na região. Um tempo antes desse ato monstruoso que meu pai cometeu comigo, houve um dia em que ouvi uma conversa desse senhor com meu pai, em que ele dizia que eu era uma menina encantadora, muito bela e que, se fosse ele mais jovem, me pediria em casamento. Meu pai deu uma risada estranha para ele. Nunca dei importância a isso, mesmo porque ele parecia ser meu avô, mas após aquela maldita noite, ele acertou tudo com aquele senhor sobre o casamento; meu pai já tinha tudo em mente, sabia que aquele homem era encantado por mim, que era muito mais velho que eu e, por essa razão, me aceitaria como esposa, mesmo sabendo que eu não era mais moça pura. Então, meu pai contou uma história inventada por ele para esse senhor, de que eu havia me perdido com um rapaz lá da fazenda de meu tio, e que tal rapaz fugiu da fazenda, assim que se deitou comigo; por essa razão, eu não era mais uma moça pura.

Como meu pai já sabia, ele aceitou se casar comigo mesmo sabendo que eu não era mais moça pura, pois para ele ter como esposa uma mulher ainda menina, na idade dele, era motivo de orgulho, de satisfação; ele era realmente muito mais velho que eu. Esse senhor disse ao meu pai, quando ele me ofereceu em casamento a ele, que ninguém precisava saber do acontecido comigo na fazenda do meu tio sobre a minha pureza e que ele cuidaria de mim o restante de sua vida, pois eu seria a esposa mais jovem e bela que um homem na idade dele poderia ter. Eu, com 14 anos, já tinha corpo de mulher e era muita bela, mas era bela só no corpo, pois no meu coração só havia lugar para o ódio, e minha alma e meu espírito estavam maculados pela dor.

Antes do dia do casamento, Kavian, era esse o nome daquele senhor que eu teria de me casar, veio até a casa do meu pai para falar comigo. Ao vê-lo chegando, saí correndo desesperada e chorando muito, pois pensei que se minha vida não acabou por inteiro naquela maldita noite, então acabaria no dia em que eu me casasse com aquele senhor, que mais parecia ser meu avô. Chorei muito, mas então refleti e percebi que qualquer situação era melhor do que morar ali naquela casa com aquele monstro que dizia ser meu pai. Fiquei um tempo nos arredores da casa chorando e refletindo muito; quando voltei para casa, Kavian já havia se retirado.

Passaram-se mais alguns dias e chegou a data do casamento. Kavian e meu pai organizaram uma grande festa, pois posses para isso Kavian tinha e meu pai também não ficava atrás. Muitos da região compareceram a essa festa, que durou mais da metade da noite, e a única pessoa triste e morta interiormente era eu.

Ao terminar a festa, todos se foram e então foi a vez de Kavian e eu nos retirarmos também. Ele veio até mim e suavemente tentou pegar-me pela mão, mas recuei. Então me dirigi até minha mãe, olhei-a fixamente nos olhos e lágrimas dos meus olhos caíram, por ver que ela nada fez por mim, ou nada pôde fazer. A verdade é que nem uma mãe eu tive para me amar, lutar por mim e me defender daquele monstro, mas no íntimo dela, sabia que eu seria uma mulher diferente das que viviam naquela época, e nesse momento, vi caírem lágrimas de seus olhos também, e sem nada dizermos uma a outra, eu e Kavian nos retiramos.

Ao chegarmos em nossa casa, digo nossa, pois era ali que eu moraria, mas como citei, moraria e não viveria, porque morar em uma casa é diferente de viver nela; além do mais, eu havia deixado de viver ainda em vida, desde aquela noite chuvosa e escura, pois tudo que havia de bom em mim acabou-se ali, e não estou falando apenas da minha pureza íntima de mulher.

A casa de Kavian era muito grande e bela, havia uma enorme escada para subir até os quartos, e também um grande corredor, onde dos dois lados havia vários quartos. Então Kavian pegou-me pela mão, dessa vez não recuei, mesmo porque não tinha outra saída no momento; subimos a enorme escada, caminhamos pelo corredor e chegamos até o nosso quarto.

Ao entrarmos no quarto, Kavian sentou-se sobre a cama e me olhava da cabeça aos pés. Isso me incomodava muito, então ele me falou:

– Minha bela menina, eu lhe peço que vá se preparar e volte em seguida, pois hoje você se tornará minha mulher, minha esposa, aquela que se deitará todas as noites comigo, cumprirá seus deveres matrimoniais e dormirá ao meu lado. Não se amedronte, pois sou um homem experiente e não a magoarei, nem a machucarei.

Kavian nem imaginava que não podia mais me magoar, nem me machucar, não mais do que já estava magoada e machucada, tanto no corpo como na alma. Ele continuou falando:

– Serei amável, pois sinto por você um enorme desejo e por você sou encantado e apaixonado, portanto fique tranquila, farei de você uma mulher feliz e lhe darei tudo de que precisar.

– Quando ele terminou de dizer essas palavras, eu me retirei e fui me preparar conforme ele havia me pedido, mas o que eu sentia naquele momento era ódio, raiva, asco e horror a tal ato chamado sexo e a tal ser chamado homem. Mas, naquele momento, eu não tinha outra saída a não ser me submeter aos desejos dele. Então coloquei uma camisola longa, preta e transparente, que ele mesmo havia comprado e estendido sobre a cama para que eu a usasse nessa noite. A cor dos meus sentimentos era mais preta do que aquela camisola.

Ao entrar no quarto, Kavian me olhou com tanto encanto, como se eu realmente fosse a mulher mais bela do mundo, e era o que ele me dizia, enquanto me olhava e se aproximava de mim. Eu não sabia nem como agir, apenas sei que tive de permitir que ele me tocasse e possuísse meu corpo, demonstrando ali todo desejo que sentia por mim. Mas devo dizer que ele foi muito amável e carinhoso, mesmo sabendo que eu não era mais uma moça pura, e nem desse assunto ele falou. Mas, mesmo ele sendo amável e carinhoso, os únicos sentimentos de minha parte eram ódio, raiva e asco. Ele realmente era apaixonado por mim, mas eu não tinha nada de bom para lhe oferecer, a não ser meu belo corpo, e ainda assim por pura obrigação, pois para mim sexo era feio, doloroso e asqueroso.

Capítulo IV

A Vingança

Esse meu casamento com Kavian durou muito tempo, e todas as noites ele estava pronto para o ato sexual. Eu nunca me recusava, pois era minha obrigação, e ele era um homem muito bom para mim, não me deixava faltar nada do que achava necessário, mas todas as noites, quando ele se aproximava e vinha me tocar e dar início ao ato sexual, era sempre uma tortura ter de me submeter aos desejos dele.

Todos os homens que têm idade avançada e possuem uma mulher muito jovem como esposa só pensam em sexo, não para segurar essa mulher jovem ao seu lado, mas, agindo assim, eles encontram um sopro de juventude para suas vidas e se agarram a esse fato; isso dura até nos dias de hoje, pois os homens que vivem na carne também agem dessa forma. Não era só a idade avançada de Kavian que tornava tudo mais difícil para mim, era a falta de amor, ou de qualquer sentimento de ternura que eu tivesse por ele, pois me sentia uma mulher amarga e marcada pela dor, pelo ódio; se existisse algum sentimento nobre de minha parte, nem a idade avançada de Kavian faria diferença, pois o amor, ou qualquer outro sentimento nobre, não mede a idade, supera as diferenças e ultrapassa qualquer barreira.

O tempo foi passando e assim continuou minha vida: todas as noites, ou quase todas, Kavian queria sexo, sempre com encanto, paixão e desejo por mim, mas eu estava sempre com ódio no coração, com raiva do ser humano e com asco do ato sexual. Isso durou até que eu amadurecesse um pouco e percebesse que algumas coisas em minha vida eu poderia mudar, e a partir daí, mudei tudo o que podia e aceitei tudo o que eu não podia mudar naquele momento, mas sempre com o coração amargo e cheio de rancor.

Percebi que eu era mesmo uma mulher muito bela e sedutora, pois tinha uma altura entre média e alta, corpo definido e bem distribuído, cintura fina, quadris médio, pernas torneadas, seios fartos, olhos grandes e negros, cabelos também negros e longos em contraste com a pele clara e macia. Então pensei: vou usar meu belo corpo e toda minha beleza, com minha inteligência, como dizia meu tio Silvério e dona Preta. Usarei tudo isso a meu favor. Desse modo, passei a usar Kavian, já que ele era um homem apaixonado por mim; dele eu consegui tudo o que quis e dos capangas dele também, obtive de todos os homens da região tudo o que me era conveniente, sempre usando minha beleza exterior, pois interior não havia nenhuma. Usei muito a arte da sedução e os mistérios femininos, pois toda mulher traz em si seus mistérios, mas que homem nenhum conheceu nem conhece.

Em meio a todos esses acontecimentos, em certo momento, tudo o que eu queria era me vingar daquele meu pai que feriu meu corpo e minha alma e fez de mim uma mulher amarga e cheia de ódio. Eu sabia o nome do homem que chefiava os capangas de Kavian e quem era ele. Então, esse foi o primeiro que resolvi usar para me vingar daquele monstro que se dizia meu pai. Usando minhas armas femininas, meu belo corpo e a arte da sedução, não foi difícil trazer o tal homem para o meu lado; e quando ele estava aos meus pés e em minhas mãos, fiz minha primeira exigência: mandei que ele reunisse alguns de seus homens, os que fossem de sua total confiança, pois eu daria as ordens a ele, para que repassasse aos seus homens. Assim comecei a dar as ordens a esse homem que era o chefe dos capangas e que já estava aos meus pés e em minhas mãos. Então falei:

– Quero que dê ordens aos seus homens para que deem uma surra naquele homem que se diz ser meu pai, vou lhe dar todas as dicas e dizer onde encontrá-lo. Só não quero que o mate, mas que seja uma surra de forma que ele sinta muita dor, que grite por socorro e que se lembre para sempre; não economize pancadas.

No dia seguinte foi colocado em ação tudo o que exigi; esse homem, chefe dos capangas de Kavian, reuniu alguns de seus homens de total confiança dele e os mandou à procura do meu pai. Quando o encontraram, deram-lhe uma surra tão grande que ele nunca mais se recuperou, pois além de o terem machucado muito, quebraram-lhe alguns ossos do corpo. Meu pai nunca soube por que estava apanhando nem quem havia mandado, pois se isso ocorresse, certamente Kavian viria a saber e eu não teria como lhe explicar sem ter que contar a verdadeira razão pela qual eu não era moça pura quando me casei com ele: a realidade entre mim e meu pai e o que houve comigo naquela maldita noite escura e chuvosa, e isso eu não contava nem a mim mesma, pois a raiva, o ódio e o asco que eu sentia eram tantos que doía até minha alma só em me lembrar.

Eu pensava em todos os detalhes quando ia armar algum plano, pois não queria ter problemas com Kavian. Após ter me casado, eu não via mais meu pai, era Kavian quem ia até a casa dele para tratarem de seus negócios em comum, mas eu não queria ver nem me lembrar daquele homem horroroso e odioso.

Passou um tempo após essa surra, e um dia ouvi Kavian comentando com um de seus amigos que Nestor estava acamado, devido a uma surra que levou de algum inimigo; ele foi pego de tocaia e muito pediu por socorro, mas não havia ninguém para lhe ajudar, e não descobrira quem teria sido o mandante. Então, após ouvir essa conversa, eu me senti vingada daquele maldito, mas essa vingança não apagou a dor, a mágoa e o ódio que ele me fez sentir ao ferir meu corpo e minha alma naquela maldita noite chuvosa e escura.

A partir daí, eu realmente me transformei em outra mulher: bela, sedutora, misteriosa e cruel. Muito tempo se passou e continuei agindo assim, seduzindo todos os homens que me fossem úteis em alguma coisa, e Kavian cada vez envelhecendo mais; assim ficava mais fácil ser manipulado por mim. Algumas vezes eu seduzia os filhos de amigos dele, que iam em nossa casa para tratar de negócios. Eu fazia isso apenas para me divertir e deixá-los aos meus pés. Kavian, mesmo com o peso da idade, não perdia o hábito de todas as noites tomar uma taça de vinho antes do ato sexual, e mesmo com seu vigor sexual bem fraco ele não abria mão disso, o que para mim continuava sendo uma tortura. Quando tomava sua habitual taça de vinho, fazia questão de que eu lhe acompanhasse, tomando também uma taça de vinho com ele. Eu o acompanhava, pois o vinho era de uma safra muito boa. Kavian só tomava vinhos bons e, também, ele só me veria ao amanhecer, pois após a taça de vinho e o ato sexual, ele se sentia muito fraco e adormecia profundamente, acordando só no dia seguinte.

Eu muitas vezes saía após ele adormecer e ia me deitar com outros homens, se tivesse algum plano em mente, mas nunca me deitava com esses homens por prazer; ou então, eu ia dormir em outro quarto da casa, pois havia vários quartos lá, mas ali na mesma cama com Kavian eu não dormia, depois que percebi que ele adormecia após o ato sexual e só despertava ao amanhecer do dia seguinte.

Kavian me tratava como se eu fosse uma rainha, por isso também nunca recusava tomar a taça de vinho com ele todas as noites, nem lhe negava meu corpo, pois agindo assim eu era para ele sua mulher e esposa amada, e ele não desconfiaria dos meus atos; para mim era conveniente estar bem com meu marido, mas nunca agi assim com ele por algum sentimento nobre, e sim por ser conveniente para mim. Mas devo dizer que não era fácil, sendo uma mulher jovem, me submeter a quase todas as noites ao ato sexual com um homem com idade para ser meu avô e não tendo por ele nenhum sentimento de amor, de ternura, de carinho, pois hoje sei que o amor é o mais nobre entre todos os sentimentos. Eu era uma mulher cruel, pois se algum desses homens que eu seduzia e usava me causasse algum problema, eu sempre seduzia outro, para dar-lhe um corretivo; então assim todas as minhas ações ficavam em segredo, mesmo porque para a sociedade daquela época uma mulher que agisse da forma que eu agia seria apedrejada até a morte, mas medo eu nunca senti, pois acreditava que tudo de ruim já havia acontecido comigo!

Nesse tempo, eu havia conhecido vários homens jovens e saudáveis, e por algumas vezes não achava o sexo um ato tão feio e asqueroso. Isso poucas vezes acontecia, só quando eu conseguia me entregar a eles, sem me lembrar da violência sofrida pelo meu pai naquela maldita noite, quando era apenas uma menina. No passar do tempo, muitas coisas aprendi com a vida, mas, mesmo tendo aprendido muitas coisas, eu não conseguia arrancar aquela raiva, aquele ódio que havia em meu coração, então unia a raiva e o ódio com minha experiência de vida e a boa situação financeira, que Kavian já deixava à minha disposição, tudo isso graças à arte da sedução, a minha beleza exterior, minha inteligência e meus pensamentos rápidos; usando tudo isso, eu realmente fazia o que desejasse fazer com tudo e com todos que me fossem úteis.

Houve uma época em que eu achava divertido seduzir aqueles homens e em vê-los aos meus pés, divertia-me também ao ver o quanto os homens se curvam diante de uma mulher em prol de seu desejo pelo sexo.

Capítulo V

O Plano Cruel por meio da Erva Venenosa

O tempo foi passando e Kavian já estava um tanto adoentado em razão de sua idade avançada, pois ele já se aproximava dos 78 anos, e ainda assim, toda melhora que ele tinha, por menor que fosse, tomava sua taça de vinho e era sexo que ele queria, mesmo que fosse só uma tentativa, pois a natureza é justa com todos. Eu ainda era uma mulher em plena juventude e sem nenhum sentimento nobre, e já não suportava mais permitir que Kavian me tocasse e possuísse meu corpo, então resolvi tomar uma providência.

Em uma dessas noites em que Kavian habitualmente tomava sua taça de vinho, mais uma vez fez questão de que eu o acompanhasse; ele deixava sempre sobre um móvel posicionado em um canto de nosso quarto uma garrafa com o bom vinho que gostava e com a garrafa deixava também duas belas taças de cristal, uma para ele e outra para mim. Nessa noite em que resolvi tomar uma providência, acreditando ser o melhor para mim, derrubei propositalmente a garrafa com o vinho e as duas taças, quebrando-as por inteiro. Então disse a Kavian:

– Eu desço a escada e pego outra garrafa de seu bom vinho na adega e também outras duas belas taças de cristal, certo?

Ele concordou, mesmo porque era muito difícil para ele descer e subir aquela enorme escada; ele fazia isso muito vagarosamente e com muita dificuldade.

Durante o dia dessa mesma noite, antes que anoitecesse, eu já havia preparado tudo e planejado o que faria. Saí pela manhã desse dia, fui até uma enorme mata que tinha ali na região e adentrei-a. Medo eu não tinha, pois andava por toda a mata com dona Preta, quando morei na fazenda de meu tio Silvério. Fui à procura de uma erva específica, erva essa aprendi muito bem a conhecer, mas dona Preta me ensinou que essa erva, que naquele momento eu estava à procura, nunca deveria ser usada, por ser altamente venenosa, apenas algumas gotas de sua essência eram suficientes para causar uma parada cardíaca em uma pessoa, levando-a à morte em alguns minutos, sem deixar vestígios. De todas as ervas que obtive conhecimento por meio de dona Preta, tanto as que curam quanto as que matam; essa que eu fui à procura nessa manhã era a pior em seu veneno, cujo nome aqui não direi, pois a curiosidade humana, e principalmente a feminina, não tem limites.

Para minha sorte ou meu azar, depois de muito procurar a erva, eu a encontrei. Apanhei um punhado dela, levei-a para casa, guardei-a comigo e aguardei a hora certa para preparar a essência dela sem que ninguém percebesse. Aproveitei o silêncio da casa, pois, como era de hábito, em certo horário do dia, os empregados de dentro da casa tinham uma pausa para se alimentar fora da casa, em uma despensa ali bem próxima. Nesse meio tempo, fui até a cozinha e preparei a essência da erva, coloquei-a em um frasquinho bem pequeno e guardei-a entre meus seios até que anoitecesse e eu pudesse colocar meu cruel e diabólico plano em prática.

Então deixei Kavian no quarto e desci a escada para apanhar a garrafa do bom vinho na adega e as duas belas taças de cristal. Antes de subir novamente ao quarto, para levar para a garrafa de vinho e as taças, marquei bem qual seria a taça de Kavian; coloquei depois sete gotas da essência da erva altamente venenosa que havia sido preparada por mim durante o dia e estava guardada entre meus seios até aquele momento. Essa erva não tinha gosto nem cheiro muito forte, mais era a pior em seu veneno, assim como eu, que também era a pior e mais cruel das mulheres entre as que viviam naquela época e naquele momento estava prestes a cometer o pior dos atos: o atentado contra a vida alheia, vida essa que só a Deus pertencia. Mas nunca pensei em Deus, nem acreditava que Ele existisse e que naquele momento observava o ato cruel que eu estava prestes a cometer, pois hoje sei que Deus a tudo vê e tudo sabe, pois Ele é o criador de tudo e de todos e Suas leis existem para todos; mas só fui acreditar nesse fato quando já não havia outra alternativa para mim, a não ser pagar para a lei tudo o que eu devia a ela.

Após colocar as sete gotas da erva na taça de Kavian, subi a escada; ao chegar no quarto, Kavian me aguardava ansioso, ele tentava ser o homem viril que foi quando mais jovem, mas a Natureza tem seus propósitos, e como já citei, é justa com todos. Então, sem nenhum sentimento de culpa, coloquei o vinho nas taças, marcando bem qual era a dele e que continha a essência da erva, e entreguei em suas mãos aquela taça com o bom vinho que ele tanto gostava, mas também continha as gotas da essência daquela erva mortal. Após entregar a taça a ele, eu lhe disse:

– Vá tomando seu precioso vinho, pois preciso ir um instante ao toalete.

Pedi licença a ele e me retirei, segurando minha taça de vinho na mão. Antes de sair do quarto, eu me virei e olhei para Kavian, que já estava tomando seu primeiro gole do precioso vinho que ele tanto gostava, e nem imaginava que estava tomando pela última vez, mas, ele ainda me falou:

– Não demore, querida!

Demorei um tempo, entre sete e nove minutos, e quando entrei no quarto, Kavian já estava se agonizando e só lhe restava um pequeno fio de vida. Mesmo não tendo nenhum sentimento nobre por ele e sendo uma mulher cruel, como eu era, ainda assim foi uma cena difícil de se ver, e com esse pequeno fio de vida, ele olhou para mim com ternura e disse:

– Amada Miliny.

Essas foram suas últimas palavras e desfaleceu ali mesmo, deixando seu corpo envelhecido pelos anos e fazendo sua passagem por meio daquela bela taça de cristal, cujo conteúdo era mortal e que foi entregue a ele pelas minhas mãos. Nesse momento, e só nesse momento, meu coração doeu e me caiu um par de lágrimas, pois eu acabava de tirar a vida daquele que foi o segundo homem bom e generoso da minha vida, depois do meu tio Silvério, mas esse o próprio destino se encarregou de levar para o outro lado da vida. Então, deixei o corpo dele ali sem vida, já debruçado sobre a cama, e rapidamente recolhi a taça de Kavian, fui ao toalete e a lavei; em seguida lavei a minha também e as coloquei ao lado da garrafa, onde elas sempre ficavam.

Para todos da região e para os empregados, a morte de Kavian teria sido natural, por não estar bem de saúde e pela sua idade avançada.

Foram dias confusos após a morte de Kavian; como não tivemos filhos, tudo o que ele possuía financeiramente, daquele momento em diante, pertenceria a mim, e devo dizer que não era pouco seu poder aquisitivo.

Então, após sua morte, passei a ser a dona absoluta de tudo o que era meu de direito, porque éramos casados no papel. Mas, como me tornei uma mulher viúva, tudo ficou mais difícil em relação aos homens, que eu seduzia e usava, pois as mulheres que ficavam viúvas nessa época, a maioria ou praticamente todas, se anulavam para a vida, e além do mais tinham apenas três títulos: moças solteiras e puras, casadas e mães de família, ou eram mulheres da vida, como assim eram chamadas e eram as mais desprezadas e humilhadas por tudo e por todos. Essas mulheres da vida eram atiradas em prostíbulos pelos próprios pais, após tê-las violentado e as maltratado muito. Elas eram levadas ainda meninas para os prostíbulos e lá sofriam ainda mais, pois eram maltratadas, humilhadas, e muitas vezes violentadas por aqueles que se diziam homens, mas que na verdade se pareciam mesmo com animais selvagens e sem alma, mas nem os animais selvagens do sexo masculino maltratavam ou humilhavam tanto suas fêmeas como o tal ser humano chamado homem que existia naquela época.

Capítulo VI

A Emoção ao Rever a Árvore na Encruzilhada

Durante todo o tempo que fiquei casada com Kavian, não me encontrei nenhuma vez com minha prima Lenór, mas nunca perdemos o contato, sempre vinha um mensageiro com cartas dela para mim e levava as minhas para ela, pois quando morei na fazenda de meu tio Silvério, ele fez questão de nos alfabetizar, a mim e a Lenór. Não escrevíamos muito bem, mas era mais que o suficiente para mulheres daquela época.

Também não era necessário que eu incomodasse Lenór com minha parte nos negócios, porque eu não precisava, pois Kavian me dava mais que o suficiente e ela tomava conta de tudo muito bem e me mantinha informada dos acontecimentos por lá, pois sempre fomos muito unidas e, apesar de ela ser um pouco mais velha que eu, isso nunca foi problema para nós, mas ela nem imaginava o que eu andava fazendo ali onde morava. Cada vez que eu recebia notícias de Lenór, sentia muita saudades da fazenda e da minha árvore das encruzas, localizada naquela linda encruzilhada, que mais parecia dois braços abertos em quatro polos, e aquela árvore linda bem no centro, e lá na fazenda do meu tio Silvério foi o único lugar onde não apenas morei, mas também vivi.

Passou-se um tempo após a morte de Kavian e minha situação foi ficando cada vez mais difícil, em virtude da minha viuvez e pelas minhas atitudes, pois poucas noites após minha viuvez dormi sozinha naquela casa. Eu sempre tinha meus acompanhantes, mas com muita discrição. Como não havia nada nem ninguém ali que me prendesse, tive uma ideia: Acordei um dia pela manhã e saí caminhando pelos arredores da casa, e, enquanto o vento soprava meu rosto, refrescava meu corpo e espalhava meus lindos negros e longos cabelos, pensei: vou voltar a morar na fazenda que foi do meu tio Silvério e que no momento era minha e de Lenór, já que eu não havia retornando lá desde que voltei a morar na casa do meu pai.

Lenór, nesse tempo, já estava casada com um homem, que era raridade naquela época, pois ele era totalmente depende dela emocional e financeiramente, e eu já fazia algum tempo que havia completado minha maioridade. Então tive a ideia de propor um negócio a Lenór. Passei todo aquele dia e a noite pensando e amadurecendo a ideia. No dia seguinte mandei um mensageiro até ela; eu marcava o dia para lá chegar e podermos tratar dos negócios pessoalmente. Passaram-se alguns dias e o mensageiro trouxe a resposta da minha mensagem, na qual Lenór dizia que ficaria muito contente em me receber, pois além de tratarmos dos negócios, a saudade que sentia de mim era grande, mas ela não imaginava quais seriam os negócios de que eu gostaria de tratar com ela.

Mais alguns dias se passaram e chegou a data marcada para eu ir ter com Lenór. Arrumei muitas das minhas coisas na bagagem, pois acreditava que Lenór aceitaria minha proposta, e o que faltasse da minha bagagem, eu mandaria buscar depois, sempre com pensamento fixo de que ali não mais voltaria para morar. Os empregados da casa colocaram minha bagagem na carruagem e então me despedi de todos ali. Quando cheguei na porta de saída da casa, tive um estranho sentimento: lembrei-me de todas as ações que pratiquei e de tudo que havia aprendido ali, mas hoje sei que ali não aprendi nada, apenas manchei mais a minha alma e o meu espírito e adquiri um débito imenso com a Lei. Eu me pus a olhar para dentro da casa e me lembrei de Kavian, de todo o tempo que ali morei com ele, da paixão e do encanto que ele tinha por mim. Lembrei-me também do que fiz com a vida dele e de suas últimas palavras. Fiquei um tempo ali parada na porta olhando para dentro, mas apesar desse sentimento estranho que senti naquele momento, não fraquejei e segui adiante, dando início à minha viagem um tanto longa, rumo à fazenda ao encontro de Lenór.

Ao chegar na entrada da fazenda, senti meu coração bater tão forte e um arrepio pelo corpo, parecia que meus cabelos ficaram em pé sobre minha cabeça. Senti certo medo daquele sentimento; era como se aquele lugar fosse estranho para mim. Embora fizesse tempos que eu não ia lá, conhecia todos os cantos daquela fazenda, pois morei ali por muitos anos.

Mas, mesmo com todos esses sentimentos, de coração acelerado, arrepios pelo corpo e cabelos em pé, eu não me deixei abater, pois queria chegar firme e forte até minha prima lá na casa da fazenda. Chegando aos portões da casa, avistei Lenór vindo me receber. Com seu lindo e suave rosto, seu belo sorriso nos lábios e de braços abertos, ela veio em minha direção; eu também agi da mesma forma. Então nos abraçamos e ficamos assim por alguns instantes, pois a saudade da parte dela e também de minha era grande. Começamos a conversar ali mesmo, conversamos um pouco sempre segurando a mão uma da outra. Uma das coisas que eu logo quis saber foi sobre minha querida dona Preta. Lenór me falou que ela já havia falecido há algum tempo, pois quando morei lá e conheci por meio dela tudo sobre as ervas e os mistérios da Natureza, ela já tinha idade avançada, então, logicamente, já teria falecido.

Ao saber por Lenór sobre a morte de dona Preta, baixei minha cabeça por um instante e me entristeci um pouco, pois gostava muito dela, então eu e Lenór ficamos em silêncio por um instante e me pus a pensar: dona Preta partiu, deixando essa terra e tudo o que nela existe, mas seus ensinamentos permanecem e permanecerão para sempre em minha mente e na mente de todos que ela possa ter ensinado, e até onde sei, ela ensinou muitos, que provavelmente não agiram como eu e fizeram bom uso dos ensinamentos dela. Provavelmente, usaram suas instruções para curar seu semelhante e não para matar, como eu fiz.

Continuamos conversando, eu e minha prima Lenór, e em certo momento perguntei sobre minha linda árvore das encruzas, então Lenór respondeu:

— Vamos até lá e você vê com seus próprios olhos, como fazíamos em nossa infância; muitas lembranças tenho de nós duas lá sob a sombra daquela árvore, muitas vezes brincamos, outras choramos e entre muitas outras coisas; foi lá também que em seu ombro chorei a morte de meu querido pai, minha amada prima Miliny.

Seguimos para a encruzilhada onde ficava a linda árvore, não era muito longe da casa, por isso logo chegamos. Ao chegarmos lá, quando avistei minha árvore e minha encruzilhada, pois era assim que eu me sentia, dona daquele lugar, fui correndo abraçar minha árvore, como se ela fosse uma pessoa. Ao abraçá-la, meu corpo arrepiou-se por inteiro e meu coração acelerou tanto, que parecia que ia atravessar o meu peito!

A princípio me assustei um pouco com tal sentimento, mas tudo passou, quando pude observar direito aquela linda árvore; ela havia crescido mais um pouco e a encruzilhada estava tão limpa que parecia ter sido varrida para me receber, sendo que as matas aos arredores eram serradas. Que linda visão meus olhos tinham naquele momento. Senti que a decisão que tomei em vir morar na fazenda teria sido a mais acertada, pois ali era o único lugar em que eu me sentia bem. Mas o Criador de tudo e de todos tem um destino para cada um de Seus filhos, que já vem escrito quando chegam a esse plano terreno, e com essa escrita do destino vem também o chamado livre-arbítrio.

Ficamos na encruzilhada, eu e Lenór, um longo tempo enquanto eu abraçava minha árvore. Conversamos longamente, eu e minha prima; ela me falou de seu casamento e de seu dependente esposo, eu também falei um pouco sobre minha vida, mas evidentemente omiti todos os detalhes sórdidos da minha vida. Falamos de vários assuntos, mas não sobre os negócios ali; primeiro, eu precisava voltar para casa da fazenda, tomar um bom banho e repousar um pouco, pois a viagem fora um tanto longa.

Ao voltarmos para casa fui me banhar e repousar um pouco, mas meu cansaço e emoções foram tantos que adormeci profundamente e só acordei na manhã do dia seguinte com muita disposição. Eu me levantei, me preparei, me pus bela e fui para o café, disposta a conversar com Lenór e fazer minha proposta, e já tinha tudo em mente o que diria a ela. Eu me sentia à vontade para fazer tal proposta, pois éramos muito unidas, apesar da distância que nos separou por um tempo entre a volta dela para a fazenda e meu casamento com Kavian, e apesar também de ela não saber nem imaginar as atitudes que eu tinha, antes e após a morte de Kavian; ainda assim, éramos unidas e tínhamos imenso apreço uma pela outra.

Lenór havia preparado uma bela e farta mesa de café, pois ela era muito organizada com tudo ali na casa e na fazenda e também contava com a ajuda de vários empregados. Ela tinha pulso firme com os negócios da fazenda, tanto quanto com os afazeres domésticos. Lenór e seu esposo já haviam se preparado para o café e me aguardavam à mesa, para a primeira refeição do dia. Sentei-me à mesa em frente a Lenór, enquanto tomávamos o farto café matinal; relembramos um pouco de nossa infância e até demos algumas risadas de alguns fatos acontecidos nessa época, mas não falamos de negócios à mesa, apenas conversamos sobre os negócios logo após o café. Então nos dirigimos para a sala de estar, onde podíamos conversar melhor e tratar dos negócios que tanto interessavam a mim.

Assim que nos acomodamos na sala, dei início à conversa e não fiz rodeios; já comecei propondo uma troca entre nossos negócios e nossas propriedades: eu ficaria ali na fazenda, onde morei por muito tempo aos cuidados de meu tio Silvério, seria dona de tudo por ali e assumiria toda a administração da fazenda, e Lenór moraria na casa que herdei de Kavian e também seria dona de tudo o que ele me deixou, e assumiria todos os negócios por lá, e devo dizer, não eram poucos. A verdade é que eu e Lenór éramos duas mulheres com grande poder aquisitivo, e como nos falou tia Oliva antes de partir, seríamos duas mulheres à frente de nossas épocas, e nos aconselhou a tomar conta de nossas vidas e não a vida tomar conta de nós. Eu e Lenór seguimos à risca os conselhos dela.

Além do mais, nos dávamos muito bem desde a infância. Lenór acreditou que eu propus a troca por estar sofrendo pela morte de Kavian. Deixei que ela acreditasse, pois assim seria mais fácil de ela aceitar minha proposta. O valor das propriedades e negócios que Kavian me deixou eram praticamente os mesmos valores da fazenda e dos negócios por ali, portanto Lenór sairia lucrando, pois metade da fazenda e dos negócios dela já pertenciam a mim por direito, pois meu tio Silvério deixara tudo por escrito e lavrado conforme as leis dos homens daquela época.

Eu estava propondo a troca e oferecendo tudo o que herdei de Kavian por inteiro, e mesmo sabendo que perderia em valores materiais com essa troca, achava de bom grado morar na fazenda, pois ali era o único lugar que eu gostava de estar e onde realmente me sentia bem. Sabia também que eu teria de administrar muito bem e fazer multiplicar os negócios, pois era tudo o que eu teria de bens materiais, mas que já era mais que o suficiente para eu viver bem e confortavelmente o restante da minha vida; eu só queria multiplicar os negócios porque, desde que era criança, ouvia meu pai dizer que tudo o que ele possuía já era, em vida, de papel passado em nome do meu irmão e que eu não herdaria nada dele, mas mesmo que meu pai me desse algum bem material, eu não aceitaria, seriam para mim bens malditos, pois tudo de que precisei dele, ele não me deu na minha infância e ainda fez de mim uma mulher marcada pela dor e pelo ódio.

Aliás, fazia tanto tempo que eu não via minha família, que nem sabia se ainda existia, não sabia nada deles nem queria saber. Lenór administrou muito bem a fazenda e os negócios; ela tinha muitos homens que trabalhavam para ela e também a respeitavam muito, pois muitos deles já trabalhavam lá desde a época em que meu tio Silvério ainda era vivo; entre esses homens, ela tinha um que era de sua inteira confiança, já era antigo também, trabalhava na fazenda desde moleque e meu tio Silvério tinha muito apreço por ele, por conhecer tudo muito bem na fazenda. Esse homem era um ótimo administrador da fazenda e dos negócios de Lenór, ele tomava conta de tudo com muita responsabilidade e morava em uma das casas dentro da fazenda. Eu terei muito para falar sobre esse homem de confiança de Lenór e que administrava a fazenda e os negócios dela, mas falarei dele mais adiante.

A princípio, Lenór recusou minha proposta, pois ela também gostava muito daquele lugar, onde nasceu e foi criada, mas seu esposo, além de ser dependente emocional e financeiramente, também era ambicioso e percebeu de imediato que Lenór sairia lucrando muito com a troca; então ele entrou na conversa entre mim e ela e tentou convencê-la, e propôs que fizéssemos tudo em papel e lavrado nas leis dos homens.

Lenór me pediu até a noite para decidir. Mas eu sabia que ela não recusaria, pois era uma proposta irrecusável e assim agi, para que não houvesse recusa, trocando tudo por tudo, e além do mais eu, durante todo tempo em que fiquei casada com Kavian, não a procurei para reclamar direitos, mesmo porque não precisava, mas era um direito meu e ainda assim eu estava entregando a ela tudo o que herdei de Kavian em troca da metade de tudo que era dela, para que não houvesse recusa da parte dela, e quando lá cheguei, já tinha tudo em mente.

Em nenhum momento quis prejudicar minha prima, pois eu realmente gostava dela e sabia que ela também gostava muito de mim, por isso não fiz questão em perder na troca. Naquele momento, tudo o que eu queria era ser a dona absoluta daquela bela fazenda, onde passei parte da minha infância e onde tinha minha linda árvore naquela encruzilhada maravilhosa, mas nunca imaginei que havia muito para aprender naquele lugar. Lá, aprendi a ser uma mulher melhor, esqueci a dor, a mágoa, o ódio, porque descobri sentimentos que jamais imaginei sentir nem que existissem, sentimentos tão intensos entre um homem e uma mulher. Por causa desses sentimentos deixei para trás a dor, a mágoa, o ódio, e passei a viver novas experiências, novos sentimentos. Mas ali também, em minha árvore das encruzas em meio a encruzilhada, onde passei parte da minha infância, onde era meu lugar preferido, foi que vivi na terra meus últimos momentos de vida na carne.

Capítulo VII

A Partida de Lenór e o Encontro com Lusion

Durante todo o dia fui cuidar de arrumar algumas coisas de meus pertences, só o necessário, pois quando chegasse o restante da minha bagagem eu arrumaria tudo em outro quarto da casa, que fosse de meu gosto. Eu e Lenór só voltamos a nos ver à noite na hora do jantar, mas não falamos de negócios durante o delicioso jantar, pois aprendemos com meu tio Silvério que a hora das refeições é sagrada; então era de hábito não falar sobre negócios, nem sobre assuntos banais, à mesa. Eu admirava a forma que Lenór cuidava das refeições, era sempre mesa bem posta e com variedades de alimentos muito bem preparados. Ela tinha bons empregados na cozinha, mas não adianta ter bons empregados na cozinha se quem comanda não entender nada de cozinha nem de cozinhar.

Então, após o jantar, fomos novamente para a sala de estar para conversarmos, e Lenór, para minha alegria, comunicou-me que aceitava a proposta, e já estavam ali sobre um móvel na sala alguns documentos para eu verificar e ficar a par dos rendimentos e das despesas da fazenda e dos negócios. Ela apenas me pediu alguns dias para que seu esposo fosse em minhas propriedades verificar todos os negócios por lá, ver se estava tudo certo e também já se apresentar para todos. Aceitei de imediato, pois apenas alguns dias não fariam diferença para mim, o importante era ela não ter recusado a minha proposta. Lenór às vezes dava algumas responsabilidades sobre os negócios para seu esposo, para que assim ele se sentisse um pouco seguro de si, mas as grandes e firmes decisões quem tomava era ela mesma.

Passaram-se alguns dias após nosso acordo e o esposo de Lenór voltou para a fazenda confirmando a ela que por lá estava tudo certo e que já havia acertado alguns assuntos com os empregados. Ele também trazia o restante da minha bagagem que eu havia lhe pedido para que trouxesse. Então lavramos os documentos conforme as leis dos homens daquela época e ficou tudo acertado. Lenór se tornou dona de tudo o que herdei de Kavian e eu me tornei dona de tudo o que ali existia; fiquei muito contente.

Chegou o dia de Lenór e seu esposo partirem, o qual foi muito difícil para ela, pois se despediria do lugar onde nasceu e foi criada, mas, como também era uma mulher forte e determinada, seguiu em frente, já que tinha aceitado minha proposta. Ela apenas me pediu que cuidasse de tudo com o mesmo carinho e dedicação que ela havia cuidado até então. Ela já havia me apresentado para a maioria dos que trabalhava com ela, tanto os de dentro da casa como os de fora; percebi que não teria problemas em manter tudo organizado por ali como deixara.

    Falei a Lenór que viesse visitar a mim e a fazenda quantas vezes ela quisesse, pois ali sempre seria a casa dela também e me sentiria feliz com sua visita; então ela me abraçou e lágrimas rolaram sobre seu meigo e lindo rosto. Acreditei que além de minha proposta ser muito lucrativa para Lenór, ela aceitou de bom grado porque no fundo do seu íntimo também queria se afastar daquele lugar, por ter tantas lembranças tristes, em razão da morte de seu amado pai e de sua carinhosa mãe, mas o que existe no íntimo e no interior da mente de um ser humano muitas vezes nem ele mesmo sabe, somente o Criador de tudo e de todos, que a tudo vê e a tudo sabe. Não me senti culpada de ter proposto a troca, mesmo porque eu não a obriguei a aceitar. Então retribuí o abraço e a apertei em meus braços e desejei boa viagem e boa sorte a ela; assim, Lenór e seu esposo deram início à sua viagem para assumir tudo o que herdei de Kavian e que daquele momento em diante a ela pertencia.

    Assim que eles partiram, adentrei a casa e de lá não mais saí o dia todo. Arrumei minha bagagem no quarto que era do meu gosto, pois era o melhor quarto da casa, muito amplo, bem arejado, e da janela dava vista para o belo jardim.

    No dia seguinte, após a primeira e farta refeição do dia, deixei claro aos empregados da casa que por ora tudo seria como Lenór havia deixado. Depois, saí para cavalgar um pouco e observar tudo pela fazenda e pelas redondezas, e foi com a ajuda de um dos empregados que escolhi o melhor cavalo, que a partir daquele momento apenas eu montaria; esse cavalo acabara de ser domado e ninguém havia montado nele a não ser seu domador.

    Como era belo aquele cavalo! Era preto, alto, peito largo, pelos macios, crina grande e bem aparada nas pontas. Era um cavalo muito ligeiro, mas por nem um instante senti medo, pois cavalgar eu sabia muito bem, e saí a galope por toda a redondeza e fui parar na minha árvore das encruzas; lá chegando, apeei do meu belo cavalo e me sentei ao pé da árvore no meio da encruzilhada. Eu me pus a pensar em tudo o que ali vivi, pensei em meu tio Silvério, correndo atrás de seus afazeres sempre com o rosto sério, mas sem agressividade, apenas sério; pensei em minha tia Oliva, sempre adoentada, mas carinhosa comigo e Lenór; pensei também em dona Preta e em seus ensinamentos, e quando pensei nisso, lembrei-me do que fiz a Kavian, e todas as vezes que eu me lembrava dele, sentia um aperto no coração, mas não sabia o nome desse sentimento. Fiquei um tempo ali sentada ao pé da árvore; enquanto o vento soprava meus cabelos, eu relembrava várias coisas que vivi na minha infância, pois a única parte dessa fase que valia a pena lembrar foi o que vivi ali na fazenda.

 Montei novamente em meu belo cavalo e voltei para casa algum tempo após os pensamentos e as lembranças, mas dessa vez não galopei, fui devagar, apenas troteando e observando tudo por ali. Em meio ao caminho de volta para casa me deparei com um dos homens que por ali trabalhava, ele comandava uma equipe de trabalhadores da fazenda e era um dos que eu ainda não havia conhecido. Ele parou seu cavalo, eu também parei o meu, então conversamos um pouco, mesmo porque precisava conhecer melhor os empregados que dali por diante trabalhariam para mim.

 Após conversarmos um pouco, ele se apresentou a mim e me falou seu nome: Lusion; era um homem um tanto interessante e seria muito útil para mim. Então, após conversarmos um pouco mais percebi que muito eu teria para fazer em minhas noites ali na fazenda, e usando as armas que eu tinha, como sempre fizera, dei início aos meus planos ali mesmo.

 Esse caiu rapidamente em meus encantos, pois além disso, eu era a patroa. A partir daí, discretamente foram muitas as noites em que ele dormiu comigo; eu apenas o usava, para tudo o que me fosse necessário, mesmo porque, por ora, eu não podia me expor com outros homens; então era Lusion que eu recebia às noites em minha casa; e naquele momento, era ele quem resolvia alguns assuntos da fazenda para mim, inclusive, eu ainda não havia tido contato com o administrador da fazenda, pois além de Lenór ter deixado tudo em ordem e ainda permanecia assim por ora, as ordens sem muita importância era Lusion quem levava a ele, e no dia em que Lenór me apresentou a maioria dos empregados, o administrador estava em viagem para confirmar um pequeno negócio da fazenda, já aprovado por Lenór.

Capítulo VIII

O Primeiro Encontro com San

Tudo estava caminhando muito bem; eu, quase todas as manhãs, montava em meu belo cavalo e saía cavalgando pelas redondezas. Eu adorava fazer isso, pois a sensação de sentir a brisa da manhã e ver o orvalho sobre as plantas era sem igual. Eu gostava de observar a Natureza, mas sempre me encontrava com Lusion, mesmo porque a maioria das vezes eu saía cavalgando e ele pegava um cavalo e saía a galopes atrás de mim, e enquanto ele era encantado e apaixonado por mim, era para mim apenas mais um dos muitos que eu usava, mas era um homem muito interessante. Eu só sabia agir assim, sempre usando os homens que me eram úteis, sem nenhum sentimento por eles, e assim agi, até descobrir que uma mulher não deve brincar, ignorar, subestimar nem desprezar os sentimentos de um homem que por ela seja encantado e apaixonado, mas isso só fui descobrir quando já era tarde demais para uma mulher como eu, que nunca teve um sentimento nobre por nenhum dos homens que passou pela minha vida, e no momento em que aprendi isso eu só tinha como única saída: aceitar os fatos.

Em quase todas as manhãs, meus procedimentos eram os mesmos: após tomar o farto café da manhã, que era muito bem servido pelos empregados de dentro da casa, eu saía para cavalgar e observar tudo por ali; então, em uma dessas manhãs, ao sair de casa, em minhas observações percebi que seria preciso fazer algumas mudanças ali.

Havia uma pequena ponte para atravessar um riacho que precisava ser ampliada, para a melhora da passagem tanto das pessoas como dos animais. Também era necessário uma reforma no estábulo, e eu queria ampliar o jardim em frente a casa, plantar novas e diferentes rosas e outras espécies de plantas, apesar de o jardim ser belo e ter variedades em plantas, pois lá estavam plantadas muitas rosas, amarelas, brancas, na cor rosa; havia cravos, lírios, girassóis, mas percebi que não havia ali nem uma erva caseira, nem margaridas, nem rosas vermelhas, e eu gostava muito de margaridas, de rosas vermelhas, e também de ervas caseiras, mas as ervas que eu queria ali plantadas seriam as que perfumam um jardim e espalham seu perfume ao serem tocadas pelos pingos da chuva. Essas ervas eu conhecia muito bem e apreciava o perfume delas, pois dona Preta me fez aprender bem sobre o fragrância das ervas e quais eram elas.

Então desta vez não mandei recado por Lusion para o administrador da fazenda, pedi que ele viesse até a minha casa para falar comigo, pois eu queria lhe explicar o que era para ser feito, tanto com a ponte do riacho como no estábulo e no jardim. A casa em que ele morava era bem confortável e lá moravam ele, sua esposa e dois filhos ainda pequenos; era dentro da fazenda e não ficava tão longe da casa-grande, por isso logo ele chegaria para falar comigo pela primeira vez. Eu marquei a hora do dia para que ele viesse; quando pedi para avisá-lo, ainda era bem cedo, mas o dia já estava ensolarado e com lindo céu azul. Eu havia marcado a conversa para o fim do dia, assim analisaria tudo com cuidado, para que a ponte ficasse perfeita, o estábulo confortável e o jardim impecável.

Ao término do dia, fui para o banho e me preparei para uma conversa comum com o administrador; fui para a sala aguardá-lo. Lusion já se sentia íntimo da casa, embora sempre mantivéssemos discrição sobre as noites que ele passava comigo, pois para mim essas noites não tinham nenhuma importância, enquanto que para ele eram de suma importância, pois por mim era encantado e apaixonado. Por se sentir íntimo, Lusion acompanhou o administrador da fazenda até a porta da minha casa e se retirou em seguida.

Eu ouvi uma voz forte que ecoou em meus ouvidos, dizendo:

– Com licença, senhora.

Eu estava de costas para a porta, observando algumas telas com belas pinturas que meu tio Silvério havia pendurado ali e que Lenór manteve no mesmo lugar. Eu me virei rapidamente ao ouvir aquela voz que ecoou em meus ouvidos e me deparei com um belo homem que me deixou sem ação. Ele veio porta adentro e nos olhamos rapidamente por um instante; diferente dos homens que eu conhecia, não olhou somente para meu corpo, olhou-me diretamente nos olhos, de um jeito que nunca outro homem havia me olhado.

Era um olhar que atravessava meus pensamentos, meu íntimo, meu corpo e alcançava a minha alma. Ficamos um tempo nos olhando, sem nada dizer um ao outro, como se já nos conhecêssemos. Eu nunca havia sentido aquele tipo de sensação; meu coração acelerou, senti um frio no estômago, ao mesmo tempo que meu corpo ficou quente como brasa e úmido, minhas pernas tremiam. A princípio, assustei-me com o que eu estava sentindo naquele momento, não conseguia raciocinar, e tudo que via era aquele belo homem em minha frente, olhando-me. Ele era um homem alto, seu peito era um tanto largo, braços fortes, seu rosto era sério e com uma barba serrada, que lhe deixava com ares de homem másculo, seus cabelos eram negros, lisos; seus olhos, castanho-claro e penetrantes; seus lábios, grossos e corados; tinha a pele queimada pelo sol forte daquela região, sobrancelha larga e quase encostando uma na outra, e dono daquela voz encantadora; ele era perfeito.

Enquanto eu o observava por inteiro com detalhes, pude ouvir novamente aquela voz que ecoava em meus ouvidos dizendo:

– Sente-se, senhora, para que possamos conversar sobre o trabalho que deseja que eu faça.

Eu um tanto sem ação respondi:

– Pode me chamar por Miliny, é esse meu nome; qual é o seu mesmo?

Eu já havia ouvido o nome dele, mas a emoção foi tanta que não me lembrei naquele momento. Lenór já havia me dito o nome dele no dia em que me falou sobre ele e que eu teria o melhor administrador da fazenda e dos negócios, pois era muito competente em seu trabalho e de sua inteira confiança. Como todos por ali se referiam a ele como o administrador, também assim o chamava, quando lhe mandava pequenas ordens de trabalho levadas por Lusion.

Então ele, um pouco tímido e acanhado, respondeu:

– Pode me chamar por San, é esse o meu nome.

Então nos sentamos; como a sala de estar era ampla, usamos duas belas cadeiras de madeira, cobertas por um tecido bordado a mão, pois havia em minha sala uma mesa em madeira toda desenhada com desenhos esculpidos na própria madeira, com 12 belas cadeiras também de madeira cobertas pelo tecido bordado a mão.

Sentamo-nos em cadeiras próximas uma da outra, para que pudéssemos conversar melhor. Havia também em minha sala assentos de dois lugares em cobre e almofadas em um fino tecido, bordadas, mas não seria conveniente sentarmos nelas. Começamos a conversar e lhe falei das mudanças e reformas que pretendia fazer, na ponte do pequeno riacho, no estábulo e no jardim da casa. Eu já havia analisado tudo com cuidado e estava tudo escrito e desenhado no papel que entreguei a ele. Ele me garantiu que ao sair dali providenciaria tudo o que fosse necessário para dar início ao trabalho.

Durante todo o tempo que conversamos, nos olhamos nos olhos profundamente, como se realmente já nos conhecêssemos e eu, durante toda nossa conversa, em nenhum momento deixei de sentir a sensação que senti ao vê-lo vindo porta adentro. Terminamos a conversa; ele me pediu licença e se retirou. Fiquei olhando aquele belo homem saindo de minha casa; nesse dia ele usava uma camisa xadrez azul-clara, desbotada por ser já bem usada, e de mangas compridas, mas dobradas até o cotovelo e de gola entreaberta no peito. Usava também uma calça de um tecido bastante grosso de cor marrom, envelhecida pelo uso e bem colada, mostrando detalhes de seu corpo de homem; usava um cinto com uma simples fivela de tamanho médio e dourada e botinas de cano curto nos pés. Eu fiquei ali na sala por um tempo, pensando naquela sensação que senti ao vê-lo; podia sentir o cheiro dele, que parecia ter ficado na sala, mas não entendi nada, apenas sabia que nunca nenhum outro homem havia provocado tal sensação em mim.

No dia seguinte, San providenciou os primeiros materiais de que precisaria para dar início ao trabalho que lhe pedi; ele poderia trazer alguns dos homens da fazenda para auxiliá-lo, mas preferiu fazer o trabalho sozinho; apenas vinha alguém ajudá-lo quando era necessário mais de um homem para mover algum objeto de grande peso. Ele sabia que trabalhando nessa obra sozinho demoraria muito tempo para terminar.

Deu início ao trabalho, e cada detalhe da obra, por menor que fosse, San vinha falar comigo e pedir minha opinião, que eu dava com muito gosto. Essa obra durou vários meses, e todas as vezes que ele vinha falar comigo eu tinha o mesmo sentimento, a mesma sensação do início. Ele, por sua vez, também me olhava da mesma forma, com aquele olhar que atravessava meus pensamentos, meu íntimo, meu corpo e alcançava a minha alma.

Capítulo IX

O Início de uma Grande Paixão

O tempo foi passando e eu contava as horas para o dia amanhecer, para que ele viesse para a obra e pudesse vê-lo. A cada dia que passava meu sentimento crescia por aquele belo homem, mas nós apenas nos olhávamos e conversávamos sobre assuntos da obra ou algum outro sem maior importância; eu não tentava seduzi-lo, como fazia com os outros homens que passaram pela minha vida e que eu apenas usava; com San era diferente, eu ficava sem ação, cada vez que ele estava próximo a mim.

As obras que San insistia em fazer sozinho estavam quase acabando, já estava terminando o trabalho do jardim, e em uma dessas manhãs que ele chegava e começava a trabalhar, debrucei-me na janela de meu quarto, que ficava de frente para o jardim, e me pus a observá-lo, sem que ele me visse.

Nesse dia meus sentimentos pareciam ser ainda mais fortes, como desejei aquele homem! Fiquei ali debruçada, observando e desejando que ele tocasse meu corpo, que acariciasse meus cabelos e me beijasse longamente a boca com aqueles grossos e corados lábios, que falasse em meus ouvidos com aquela voz que era só dele, que me tomasse em seus fortes braços, me apertasse contra seu corpo e nunca mais me soltasse! Mas fui despertada dos meus picantes pensamentos, que estavam me fazendo suar por inteira, por uma empregada da casa, que batia na porta do meu quarto, pois precisava falar comigo sobre assuntos domésticos.

Por causa desse sentimento por San, cada dia mais me afastava de Lusion, para seu desespero, pois ele não entendia por que eu não mais o recebia às noites em minha casa como de hábito, mas, mesmo sem entender, ele não desistia de mim. Passei a ignorá-lo, a desprezar sua paixão por mim e a tratá-lo com frieza. Como eu poderia me deitar com Lusion, sentindo todo aquele desejo, aquela emoção, aquela sensação por San desde que o conheci? Eu não parava de pensar nele, de desejá-lo, mas não sabia lidar com esse sentimento; aliás, eu não sabia nem o nome, pois nunca senti tal sentimento por ninguém. Todos os homens que conheci, eu apenas usava, nunca tive por eles nenhum sentimento, por isso eu não entendia aquela sensação, aquela emoção que San me fazia sentir, nem sabia lidar com aquilo.

Passaram-se vários meses e a obra terminou, para meu desespero, e quando terminou, San veio até minha casa para que eu o acompanhasse e visse tudo de perto e saber se ficou do meu gosto. Como se eu não tivesse acompanhado tudo! Então o acompanhei e verifiquei tudo com ele; quando fomos ver o estábulo, meu belo cavalo estava lá. San acariciou seus macios pelos e eu pude ter a mais bela das visões, ao ver San e o meu cavalo juntos; como eram fortes e belos aqueles dois!

Terminamos de verificar tudo e em nenhum momento me insinuei para ele nem tentei seduzi-lo, apenas nos olhávamos, mas quem via nossos olhares notava de imediato o forte sentimento que já existia entre nós.

Eu o agradeci pela obra, pois ficou como planejei, ele pediu-me licença e retirou-se. Mais uma vez, eu o observei retirando-se da minha casa, pois ele me acompanhou de volta até lá. Eu a cada dia sentia ser mais forte meus sentimentos por ele, então me pus a pensar como faria para vê-lo com frequência, pois durante todos os meses que durou a obra eu o via todos os dias, falava com ele, mas naquele momento não encontrei nenhuma solução. Eu não podia me insinuar nem falar para ele dos meus sentimentos, mesmo que eu quisesse, pois ficava sem ação todas as vezes em que ele se aproximava de mim.

No dia seguinte, levantei-me pela manhã, triste, pois além de não ver San naquele dia, não consegui dormir a noite toda, porque estava pensando nele, desejando estar com ele e imaginando como seria ser abraçada por aquele homem, ser beijada e amada por ele. Durante todo esse dia, fiquei aborrecida, nervosa, pois de alguma forma esse sentimento estava me fazendo mal.

Então, no fim da tarde, com o céu nublado que anunciava chuva, fui até minha árvore das encruzas em meio a encruzilhada. Chegando lá, sentei-me aos pés da árvore, debrucei meu rosto sobre meus joelhos e me pus a pensar e refletir sobre vários acontecimentos, mas o que mais me incomodava era o que estava acontecendo naquele momento. Percebi que eu estava me transformando em outra mulher, por causa dos meus sentimentos por San; não queria mais sexo com Lusion, eu o ignorava totalmente, pois só pensava e desejava San. Meus pensamentos estavam me consumindo, quando começou a cair uma suave chuva sobre minhas costas, através das folhas da árvore. Levantei minha cabeça, apoiei minhas mãos sobre o chão e olhei para cima; achei muito belo ver a chuva cair lentamente sobre as folhas da árvore e chegar ao solo molhando a terra suavemente por inteira; aquele cheiro de terra molhada me deixou calma, foi nesse momento que ouvi o relinchar de um cavalo. Levantei-me rapidamente e olhei para ver de onde vinha, percebi que vinha em minha direção e pude notar que era um homem, montado em um cavalo, usando capa de chuva nas costas. Eu não podia ver com nitidez, pois já estava escurecendo, só pude reconhecer de quem se tratava quando chegou bem perto.

Para minha alegria, era San, em meio à suave chuva que caía, montado em seu cavalo, usando uma capa de chuva nas costas e se aproximando de mim. Naquele momento, achei que não me sustentaria sobre as pernas de tanta emoção ao vê-lo ali chegando. Ele apeou de seu cavalo rapidamente, retirou sua capa, aproximou-se de mim e a colocou sobre minhas costas; chegou tão perto de mim, que quase fiquei sem ar; ele nada falou, mas sempre me olhando nos olhos ele colocou sua capa em minhas costas com as duas mãos por cima da minha cabeça, deixando-me entre seus fortes braços.

Ficamos tão perto um do outro que pude sentir sua respiração, seu hálito, seu cheiro e, em um gesto rápido, sem nada dizer, ele me puxou contra seu peito, olhou-me profundamente nos olhos e encostou seus lábios grossos e corados sobre os meus. Naquele momento, o mundo poderia se acabar por inteiro, que eu nem perceberia, pois a emoção que senti foi intensa. Só uma mulher muito encantada e apaixonada por um homem à espera de um momento como aquele poderia entender o que senti. Havia meses que eu esperava por um momento como aquele, e com os lábios de San colados aos meus, demos início a um longo, suave e desejado beijo, ali embaixo da minha árvore das encruzas, em meio a encruzilhada.

Nossas emoções explodiram e o desejo que sentimos um pelo outro ficou à flor da pele, então, sob os pingos da suave chuva que caía molhando a terra suavemente, por inteira, San me tomou em seus fortes braços, apertou-me junto ao seu corpo e entre beijos e carícias nos amamos ali mesmo, embalados pela noite, pela suave chuva que caía e pelo cheiro da terra molhada. Nós nos amamos como se fôssemos os únicos seres vivos da face da terra. Foi o momento mais grandioso e emocionante da minha vida. Eu pude sentir os grossos e corados lábios de San sobre os meus, sentir o calor do seu corpo, que parecia estar em brasas, sua respiração ofegante e seu cheiro misturado ao cheiro da terra molhada.

Foi uma sensação, uma emoção e um desejo tão grandes que nunca imaginei que poderia existir entre um homem e uma mulher. Nossos corpos estavam molhados, tanto pela suave chuva que caía quanto pelo imenso desejo que sentimos um pelo outro. Os pingos da suave chuva, ao tocar as folhas da árvore, soavam como música aos meus ouvidos enquanto meu corpo estava colado ao dele. Esse foi o momento mais belo e importante dessa minha vida na carne até então, pois após essa noite, muitos outros momentos de desejo, de paixão e de muita emoção, eu e San vivemos juntos.

Capítulo X

Substituindo o Ódio por uma Grande Paixão

A partir daquela noite, deixei para trás todo meu passado e San passou a ser o dono em absoluto dos meus pensamentos, meus desejos, minhas emoções e do meu belo corpo, que até então não conhecia o que era sentir prazer e emoção. Mas naquele momento, eu acabara de conhecer o verdadeiro prazer do sexo nos braços do homem por quem eu era loucamente apaixonada, pois naquele momento, descobri que estava encantada por San e loucamente apaixonada por ele.

A partir dessa noite, demos início a um relacionamento um tanto conturbado, pois San era casado e morava com sua esposa e dois filhos, não muito longe da casa-grande, e até onde eu sabia sua esposa era doente e vivia acamada. Por essa razão, San vinha me visitar quase todas as noites, ficava um pouco comigo, mas precisava voltar para sua casa, pois sua esposa e seus filhos o aguardavam. Isso me deixava muito triste, pois era a primeira vez que eu sentia por um homem aquela louca paixão, e foi acontecer justamente com um homem que a outra mulher pertencia e tinha filhos com ela.

Mas minha paixão era tão imensa e intensa, que eu não pensava na esposa de San, nem nos filhos dele, apenas queria ele perto de mim todas as noites, todos os dias e para sempre. As noites que San não podia vir me visitar, me tomar em seus fortes braços e me amar um pouco, eu passava em claro sofrendo e pensando nele. Por San eu senti todos os desejos, todas as sensações e todas as emoções que uma mulher pode sentir por um homem; eu só pensava em estar em seus braços, sentindo o calor de seu corpo, seu cheiro, seu gosto; eu era encantada e loucamente apaixonada por ele!

Eu não tinha palavras para explicar a sensação e a emoção que sentia ao ver San chegando com aquele belo rosto, aqueles lábios grossos e corados, aquele peito largo e braços fortes. Ele me dava um discreto sorriso e, em seguida, me tomava em seus braços e me beijava apaixonadamente, logo após esse ato, tirava seu belo punhal da cintura.

San usava um belo punhal, que parecia ter sido feito sob medida para ele; era um punhal de um tamanho médio, prateado, com um cabo bem desenhado e contendo sete pedrinhas em vermelho; a bainha dele era muito bem trabalhada com detalhes também em prata e algumas pedrinhas em vermelho. Eu achava belo vê-lo retirar o punhal da cintura; como ele sabia que eu gostava de vê-lo tirar da cintura, ele aproveitava e também tirava da bainha, para que eu visse o brilho dele refletindo sobre a luz no quarto; eu ficava encantada com aquela cena. Eu não gostava de nenhum tipo de armas, mas aquele punhal que San usava parecia ser diferente aos meus olhos.

Logo após a bela visão que eu tinha ao vê-lo tirando o punhal da cintura, ele me tomava em seus braços fortes, colava seus grossos e corados lábios aos meus e, suavemente, mas com intensidade, me dava um longo e caloroso beijo enquanto ia me despindo por inteira. Nesse momento, o calor dos nossos corpos unia-se ao nosso desejo e emoção e tomava conta do nosso ser, então íamos para o melhor dos melhores atos existentes na terra, quando feito com desejo, emoção, paixão e amor.

Eu me submetia a todos os desejos e caprichos que todos os homens têm na hora do ato sexual, mas com San a tudo eu me submetia com prazer, com paixão, pois com ele aprendi que sexo é um ato belo que alegra, dá vigor e fortalece a vida, e quando um homem e uma mulher estão apaixonados, cheios de desejos e de emoção e sempre um respeitando o desejo do outro, sendo assim entre quatro paredes, tudo será permitido, desde que seja de comum acordo.

Para uma mulher, o ato sexual com o homem amado não pode ser substituído por nada, pois a sensação, o desejo e a emoção que ela sente nesse momento só ela mesma poderia explicar se houvesse palavras. Em meio a toda essa paixão, sensação, emoção e desejo que eu sentia por San, Lusion nunca desistira de mim, mesmo sabendo que eu jamais me deitaria com ele novamente; ele vivia me incomodando com seus sentimentos, eu só tinha contato com ele de ordem profissional, pois comandava uma equipe de trabalhadores da fazenda. A maioria dos afazeres era San quem resolvia, então meu contato com Lusion era pouco, eu o tratava com frieza e muitas vezes o ignorava e até o desprezava.

O tempo foi se passando, até que um dia Lusion me falou que sua paixão por mim seria eterna e que seu coração jamais desistiria de mim, mas que não mais me incomodaria com seus sentimentos, que a partir dali só iríamos falar sobre assuntos da fazenda e que eu podia ficar tranquila e viver minha paixão com San, enquanto durasse. Não entendi muito bem as palavras "enquanto durasse", mas achei melhor assim, pois ele para mim não significava nada além de um bom empregado.

Sempre que San precisava viajar para resolver alguns negócios, era Lusion quem ficava em seu lugar na fazenda, pois era ele quem estava inteirado dos assuntos da fazenda e, além disso, comandava uma equipe de trabalhadores ali. Mas meus assuntos com Lusion eram estritamente profissionais e também estava mais fácil lidar com ele sem os incômodos dos seus sentimentos. Com o passar do tempo, até acreditei que ele havia me esquecido e deixado o passado para trás.

Todas as vezes que San precisava viajar a negócios, eu contava as horas até ele voltar e me tomar em seus braços fortes e me fazer a mulher mais feliz do mundo. O tempo foi passando, e cada noite que San vinha me visitar, ficava mais tempo comigo, e eu, apaixonada que era, queria sempre mais, então ele foi ficando comigo cada noite mais. Muitas vezes saía da minha casa ao amanhecer, deixando cada vez mais esposa e filhos sozinhos, mas eu com minha louca paixão por ele, nunca me importava com a solidão da esposa e dos filhos, mesmo sabendo que ela era uma mulher doente.

Mas toda mulher apaixonada age dessa forma, sempre querendo seu amado o tempo todo junto dela, sem pensar em mais nada nem em ninguém; isso foi e sempre será assim. Como a esposa de San já era doente, com a ausência dele todas as noites essa doença foi se agravando e por isso ele precisou se afastar um pouco de mim para cuidar dela, para meu desespero, mas ainda assim, ele deixava um empregado da fazenda cuidando dela e vinha me visitar quase todas as noites, só que por menos tempo, pois precisava voltar para casa, o que durou um grande período.

Em uma dessas noites que San vinha me visitar, estávamos envolvidos em nossa louca paixão, desejo e emoção e de corpos colados um ao outro, quando bateu na porta do meu quarto uma empregada que eu tinha dentro de casa e que a mim era muito fiel. Cobri meu corpo com o lençol rapidamente e fui abrir a porta e saber o que houve, então ela falou:

– Tem um empregado da fazenda aqui na casa, ele veio à procura do senhor San, pois sua esposa está muito mal.

San se levantou e vestiu-se, rapidamente, colocou na cintura seu belo punhal, tomou-me em seus braços, encostou seu corpo sobre o meu ainda coberto pelo lençol, beijou-me suavemente e se retirou em seguida em socorro de sua esposa. Eu sabia que nossa atual situação não era fácil para ele, pois mesmo não amando sua esposa, e não tendo vida ativa com ela já muito antes de nos conhecermos, ela era mãe de seus dois filhos e há tempos vivia adoentada. Aquela situação não era saudável para nenhum de nós três, mas eu e San não conseguíamos mais viver um sem o outro e sua esposa nesse tempo já sabia que as noites em que San não aparecia na casa dele, era porque estava comigo, e mesmo sofrendo muito com a ausência dele, ela não podia mudar esse fato, mesmo porque há tempos não cumpria com seus deveres matrimonias e ele ainda era um homem vigoroso e cheio de vida.

Mas eu em nenhum momento quis o mal dela, apenas eu e San, por obra do destino, nos conhecemos e nos apaixonamos loucamente um pelo outro. Eu sempre me lembrava de umas palavras que meu tio Silvério dizia: "Tudo acontece no tempo certo, não atropele os acontecimentos". Isso eu ouvia ele dizer sempre e me lembrava dessas palavras todas as vezes que queria algo que não era possível no momento.

San saiu em socorro de sua esposa e eu fiquei no quarto sozinha, ainda sentindo o cheiro dele sobre o lençol. Pus-me a pensar no tamanho do problema no qual eu tinha me envolvido, por ser loucamente apaixonada por aquele belo homem, mas nada podia fazer para mudar meus sentimentos, tudo o que eu queria era estar com ele, então, ali no quarto sentindo o cheiro dele, eu me pus a chorar de tristeza ao ver meu amado saindo às pressas para socorrer a mulher com quem ele deveria estar todas as noites.

Eu sempre fui uma mulher amarga e sem sentimentos, que só brincava, seduzia e usava os homens, mas, naquele momento, estava em uma armadilha amorosa preparada pelo destino, em que eu não encontrava outra saída a não ser aceitar os fatos. Mas mesmo ali sofrendo e chorando, nunca pensei em me afastar de San; eu era mesmo loucamente apaixonada por ele e por causa desse sentimento eu havia me tornado outra mulher. Eu estava sensível, amável, dócil e tratava a todos com carinho, e eu, que nunca tive um coração sensível, naquele momento estava chorando por uma situação que eu estava vivendo, por estar loucamente apaixonada por um homem, que não podia ser meu por inteiro, e aquela situação causava mal a mim e a outras pessoas, pois se eu sofria, a esposa e os filhos de San também sofriam.

Capítulo XI

Buscando Equilíbrio nas Águas da Cachoeira

Passei o restante daquela noite em que San se vestiu rapidamente e foi socorrer sua esposa em claro; não consegui dormir, pensando e chorando, sem encontrar uma solução. Ao amanhecer, levantei-me um tanto abatida, nem consegui tomar meu habitual e farto café da manhã; peguei meu belo cavalo e saí para cavalgar um pouco pela fazenda, pois ali havia lugares belos e eu gostava de ir a esses lugares para apreciar a beleza da Natureza, isso me deixava calma.

Inclusive, havia uma bela cachoeira dentro da fazenda, no meio da mata, bem distante da casa-grande; eu gostava muito de lá, a água era tão clara que de longe parecia um espelho descendo do alto e caindo sobre enormes pedras, que de tanto a água cair sobre elas estavam transparentes, parecidas com cristais, e ficavam reluzentes sob a luz do sol. Eu adorava ter essa visão, também gostava muito de sentir o cheiro de mato e de ervas campestres que havia por lá. Ficava por horas apreciando aquela bela obra da Natureza, também adorava ouvir o som da água caindo do alto da cachoeira sobre as pedras. Eu realmente me acalmava com essa bela visão; apeava do meu cavalo e lá sentada ao redor da cachoeira ficava até me sentir calma.

Muitas vezes eu molhava meus cabelos e meu corpo com aquela fria e límpida água, isso acalentava meu coração, e nesse dia não foi diferente. Mas, mesmo gostando muito de ir até a cachoeira e de apreciar a beleza de lá, meu lugar preferido da fazenda era sem dúvidas minha árvore das encruzas, em meio a encruzilhada, onde brinquei em minha infância, chorei minhas dores pelo desprezo do meu pai, consolei as dores de minha prima Lenór e lá também fui a mulher mais feliz do mundo no dia em que pela primeira vez, em meio aos pingos da suave chuva que caía, fui tomada pelos fortes braços de San e me rendi aos meus desejos, e com louca paixão e muita emoção fui amada por ele.

Então, era mesmo o meu lugar preferido e de San, como todos ali na fazenda sabiam. Muitas vezes voltávamos lá para recordar a primeira vez que nos amamos, e em quase todas as vezes que íamos lá novamente nos amávamos, e era sempre como se fosse a primeira vez. Minha paixão, minha emoção, meu desejo e meu encanto por San eram os mesmos, ele sabia tocar meu corpo, beijar minha boca, dizer palavras suaves em meus ouvidos; sabia me envolver por inteira e, a cada dia que passava, eu ficava mais encantada por ele e apaixonada.

Passou-se todo aquele dia, e não tive notícias de San nem se a esposa dele havia melhorado; eu estava mesmo muito triste e também preocupada com a falta de notícias. O sol já havia se escondido para que a lua mostrasse sua beleza, pois estávamos em plena lua cheia e lá na fazenda era belo ver a lua cheia aparecendo ao anoitecer, mostrando sua beleza a quem tivesse sensibilidade para apreciar. Foi quando chegou em minha casa um empregado da fazenda a mando de San, trazendo-me notícias, então ele me falou:

– Vim até aqui, senhora Miliny, a mando do senhor San, para dizer-lhe que a esposa dele acaba de falecer.

Fiquei assustada e chocada, eu sabia da doença dela mas nunca cogitei sua morte. O empregado deu-me a notícia e se retirou, então me pus a pensar em como seria tudo diferente entre mim e San a partir daquele dia, pois San tinha dois filhos na pré-adolescência e não seria fácil para nenhum de nós, mas em nenhum momento pensei em me separar de San, pois todas as vezes que surgia alguma dificuldade entre nós eu nunca pensava em me afastar dele, sempre procurava uma solução, mesmo porque nunca duvidei do desejo e da louca paixão dele por mim. Então mandei uma empregada da casa ir para a casa de San e lá ficar até que tudo fosse resolvido, e que tomasse conta dos filhos dele. Eu não podia aparecer por lá, pois todos por ali sabiam do meu envolvimento com San, então o mais adequado era mandar ajuda e ficar aguardando notícias, foi o que fiz.

Passaram-se três dias e eu não havia visto San nem a empregada havia voltado, já estava entrando em desespero sem ter notícias, mas, mesmo assim, preferi não ir até a casa dele e continuar aguardando, pois mesmo em desespero era o melhor a fazer naquele momento. Ao fim do terceiro dia, San veio até mim, ele estava com um semblante triste e com uma fisionomia muito abatida; então eu me aproximei dele sem nada dizer e o abracei calorosamente encostando minha cabeça em seu largo peito, ficamos um tempo abraçados em silêncio. Então San falou-me:

— O que faremos de agora em diante, querida Miliny? Tenho dois filhos!

Eu respondi a ele:

— Fique calmo, meu amado, vamos encontrar uma solução.

— Nos sentamos, começamos a conversar e tentamos encontrar uma solução adequada para nós dois e para seus filhos. Após longa conversa, chegamos à conclusão de que naquele momento a melhor solução seria deixarmos as coisas da mesma forma que estavam antes, ele vinha às noites me visitar, ficava um tempo comigo e voltava para a casa dele, pois seus filhos estariam aos cuidados de Mirtes, a empregada que mandei para lá, e assim ficou decidido naquele momento entre nós.

Passado algum tempo, voltamos a conversar sobre nós, pois achávamos que os filhos dele já estavam aptos a aceitar de bom grado nosso relacionamento, afinal já fazia algum tempo que a mãe deles havia falecido. San era um bom pai para eles e eu não me opunha em dividir o amor de San com eles, pois mesmo não tendo filhos e sem ter tido pai, eu sabia que um verdadeiro pai ama seus filhos incondicionalmente.

Depois de muito conversarmos, decidimos que ele e seus dois filhos viriam viver comigo na casa-grande e mais tarde nos casaríamos, mas isso demoraria algum tempo, pois San precisaria preparar seus filhos para essas mudanças em nossas vidas; além disso, San precisava fazer uma pequena viagem para resolver assuntos da fazenda, coisa de um dia, e Lusion, como de costume, ficaria em seu lugar na fazenda e, dessa vez, também ficaria ajudando Mirtes a cuidar dos filhos de San até que ele voltasse.

Enquanto não chegava o dia da pequena viagem, San foi preparando seus filhos para a mudança. Ficou tudo acertado de forma que, quando San voltasse da pequena viagem, arrumaríamos as bagagens dele e dos seus filhos, e mais alguns dias já estaríamos vivendo juntos para sempre. Eu ajudaria

San a criar seus filhos e a educá-los, e seríamos uma família feliz; para mim não seria nenhum sacrifício ajudar San a criar e educar seus filhos, pois meus sentimentos por ele valiam essa atitude.

Ter San vivendo junto comigo definitivamente era tudo o que eu desejava, pois mesmo dividindo o amor dele com seus dois filhos eu o teria perto de mim todo o tempo e podia estar com ele a noite toda, afinal não mais precisaria ir embora nas madrugadas. Mas mesmo pensando dessa forma às vezes eu me perguntava se estaria certo pensar assim, pois a esposa dele havia falecido e deixado seus filhos e era eu quem ia estar como mãe deles ajudando San a educá-los. No entanto, nunca desejei mal a ela nem a sua morte, então não havia razão para me sentir culpada e nisso acreditei. Eu realmente estava muito feliz, pois continuava loucamente apaixonada por aquele belo homem, e assim fui até o último minuto da minha vida na carne.

Capítulo XII

As Doces Palavras de San

Chegou o dia da pequena viagem de San; assim, na primeira hora do dia, ele veio em minha casa para se despedir de mim e foi direto para meu quarto, onde eu o aguardava. Ele entrou tão suavemente, e eu pude ver aquele belo homem vindo porta adentro; como era bela essa visão! Ele veio em minha direção, olhou profundamente em meus olhos, com aquele olhar que atravessava meus pensamentos, meu íntimo, meu corpo e alcançava minha alma. Então ele me tomou em seus fortes braços e beijou-me suavemente com doçura, com aqueles lábios grossos e corados, acariciando meu corpo e me despindo vagarosamente, não me deixando saída a não ser me entregar a ele por inteira com desejo, emoção e louca paixão.

Eu estava muito feliz nesse momento, pois quando ele voltasse da pequena viagem nossa vida seria diferente, seríamos uma família de verdade, eu, ele e seus dois filhos. Eu estava contando os dias para esse grande acontecimento. Devo dizer que uma mulher loucamente apaixonada por um homem e tendo este homem como seu jamais trai, ela não se atira nos braços de outro homem nem se deita com nenhum outro, mesmo que tenha vindo de um prostíbulo, pois as mulheres agem sempre com o coração, com a emoção, mas nem os homens daquela época, nem os que vivem hoje na carne acreditam nesse fato.

Nessa manhã em que San foi se despedir de mim para fazer a pequena viagem, nos amamos de forma diferente. San estava mais suave, sereno, dócil, ele era um homem com essas qualidades, mas nessa manhã parecia estar mais aguçado, mas, mesmo com toda essa suavidade, serenidade e doçura, nos amamos apaixonada e intensamente; foi a manhã mais feliz da minha vida, pois nos amamos com tanta intensidade, como se fosse a última vez.

Já deixamos combinado que quando chegasse da viagem, à noite, ele viria direto para minha casa, para os meus braços, e dormiríamos juntos, pois Mirtes e Lusion ficariam a noite toda com seus filhos. Como San já possuía as chaves da minha casa, ele entraria direto para meu quarto, para os meus braços. Foi tão grandioso ser amada por San naquela manhã, que permaneci sobre o leito, enquanto ele se vestia para sair de viagem. Ao terminar de se vestir, ele colocou seu belo punhal na cintura e olhou profundamente em meus olhos como de costume, abraçou-me novamente com suavidade e disse-me:

– Como és bela, amada Miliny, sou loucamente apaixonado por você e não consigo mais viver sem você, sem seu rosto para acariciar, sua boca para suavemente beijar, sem seu belo corpo para tocar e senti-lo úmido sob o meu, sem sentir o perfume dos seus cabelos, sem ouvir os sussurros da sua doce voz em meus ouvidos, sem ver seus lindos olhos brilhando e olhando nos meus quando chegamos ao êxtase do prazer e da paixão; eu realmente não vivo mais sem você.

Terminou de dizer essas doces palavras e beijou-me suavemente, tentei segurá-lo acariciando seus cabelos com firmeza e encostando meu corpo ao dele, mas ele sorriu e foi se retirando. Eu já havia ouvido palavras doces da boca de San, mas nunca com tanta suavidade, intensidade e ternura, pois os homens daquela época e até os que vivem hoje na carne não costumam falar muito dos seus sentimentos, e os sentimentos de San por mim eram mostrados com gestos, mas nessa manhã, ele me surpreendeu e por pouco não atrasei a viagem dele. Continuei ali no leito enquanto ele ia se retirando; ao chegar à porta do quarto, ele se virou em minha direção, colou seu dedo indicador sobre seus grossos e corados lábios, sorriu discretamente e me mandou um beijo, encostou a porta e se retirou em seguida, deixando-me ali sobre a cama, sentindo o cheiro de seu corpo no meu e o gosto da sua boca. Permaneci ali por um tempo relembrando a intensidade do desejo da paixão que há pouco eu e ele vivemos ali, ainda podia sentir o suor e o cheiro dele sobre o lençol. Todas as vezes em que nos amávamos e logo após ele se retirava era assim: ele saía, mas continuava presente em meus pensamentos, em meu coração, e o cheiro dele permanecia em meu corpo e por todo o ambiente.

Algum tempo após, levantei-me e fui cuidar dos afazeres da casa, pois eu teria que arrumar muitas coisas por lá para a chegada definitiva de San e de seus filhos; estava feliz e muito ansiosa. Mas o Criador de tudo e de todos já havia escrito no livro do meu destino outras cenas para que eu vivesse, e nada do que planejava naquele momento estava escrito nesse livro.

Capítulo XIII

A Tragédia em Nome da Paixão e do Ódio

Foi um dia bastante cansativo em razão das arrumações que fiz pela casa para deixar tudo bonito; já estava anoitecendo quando fui para o banho, ia me pôr bela e perfumada para esperar San quando chegasse da viagem, pois era sempre bela e perfumada que eu esperava por ele todas as noites, mas como estava cansada e muito ansiosa, resolvi ir para a sala tomar uma taça de vinho para relaxar um pouco e conseguir me manter acordada até a chegada de San, pois acabei me acostumando a tomar bons vinhos.

Então, ao sair do banho, coloquei apenas um roupão de seda de cor vermelha muito bonito e fui para a sala para tomar o vinho, e ao chegar na sala percebi que tinha apenas dois dedos de vinho na garrafa, que sempre ficava sobre um móvel dela. Eu tinha uma adega na casa, mas como estava cansada, resolvi tomar apenas aqueles dois dedos; foi quando ouvi um barulho e passos no jardim, vindo em direção a porta, mas eu sabia que os empregados já haviam se recolhido.

Por um instante achei que fosse San, e mesmo ele tendo as chaves, minha ansiedade foi tanta que corri para abrir a porta, foi quando dei de cara com Lusion, com ares de pessoa desesperada e já dizendo:

– Deixe-me entrar, preciso lhe falar sobre os filhos de San.

Então permiti a entrada dele em minha casa, ele ainda com ares de pessoa desesperada me disse:

– Sirva-me um pouco de vinho, enquanto bebo vou lhe contando o que houve.

Olhando na garrafa, ele percebeu que não havia vinho nela, então falou:

– Permita que eu busque na adega?

Como ele conhecia bem o caminho, pois eu o recebia em minha casa antes de conhecer San e, por muitas vezes, tomamos vinho juntos, mas isso já fazia parte de um passado distante para mim, pois nem disso eu me lembrei naquele momento. Acreditei não haver problema algum, mesmo porque San logo chegaria, conforme havíamos combinado, e Lusion sabia que eu, San e os filhos dele iríamos viver juntos e que éramos loucamente apaixonados um pelo outro. Quando percebi que eu estava usando apenas o roupão de seda vermelha, resolvi me vestir melhor, mas como estava aflita para saber o que houve com os filhos de San, eu disse a Lusion que fosse até a adega pegar a garrafa de vinho e que trouxesse três taças, pois San estaria chegando, e saí rapidamente para me vestir melhor.

Entrei no quarto, abri o armário de roupas e peguei o primeiro vestido que vi, pois minha aflição era grande. Esse vestido era fácil de colocar e de tirar também, era simples, mas elegante, de cor amarelo suave, com alguns detalhes do mesmo tecido, com botões encapados na mesma cor, na frente por inteiro e de mangas até o meio do braço de um tecido bastante leve. Como era longo e não transparente, coloquei apenas ele, por causa da pressa e da ansiedade, e então voltei rapidamente para a sala, muito preocupada com o que Lusion tinha a me dizer sobre os filhos de San.

Ao chegar na sala, Lusion estava com uma taça de vinho em sua mão e tinha outra já servida com o vinho do lado da garrafa sobre o móvel ali na sala. Eu, após ter conhecido San e ter ficado loucamente apaixonada por ele, nem me lembrava do meu negro passado, pois parecia que minha vida não existiu antes de San, que comecei a viver no dia em que conheci ele, e era assim mesmo que eu me sentia; para mim a vida só contava a partir do dia em que nos conhecemos. Eu nem me lembrava mais do que havia feito com Kavian, de quando lhe tirei a vida cruelmente com uma taça de vinho. Então, na ansiedade em ouvir o que Lusion me diria, apanhei a taça de vinho que estava já servida do lado da garrafa em cima do móvel e tomei pela metade de uma só vez e então falei:

– Conte-me o que houve, Lusion!

Ele começou a falar:

– Você sabia que o filho mais velho de San...

Foi só o que eu ouvi e caí sobre o chão ali mesmo já sem consciência. Então Lusion me pegou nos braços e levou-me até o quarto, onde ele conhecia bem o caminho; colocou-me sobre a cama e rapidamente me despiu por inteira. Lusion sabia que San chegaria em seguida, então, após me despir, ele também se despiu e deitou-se ao meu lado, abraçou meu corpo nu e fingiu estar dormindo; e assim ele permaneceu até que meu amado San chegasse e presenciasse aquela triste cena, e foi o que aconteceu.

San chegou e foi direto ao meu quarto e presenciou a cena mais triste e dolorosa da sua vida. A dor que ele sentiu em seu coração, em sua alma naquele momento, só um homem loucamente apaixonado por uma mulher e vendo ela de corpo nu nos braços de outro homem sobre uma cama poderia dizer, se houvesse palavras. Naquele momento, San nada fez, apenas olhou, seu corpo estremeceu e lágrimas caíram de seus olhos; em desespero se retirou em seguida, acreditando na traição de minha parte. Lusion, assim que percebeu que San havia se retirado, rapidamente se levantou, vestiu-se, vestiu-me também e se retirou.

Lusion acreditava que agindo dessa forma San me deixaria e eu voltaria a ser dele novamente, pois como ele me disse um dia, sua paixão por mim seria eterna, mas o que houve com ele, eu relato mais adiante. Eu continuei sobre a cama desacordada, por causa da substância colocada por Lusion em minha taça de vinho, só acordei na manhã do dia seguinte já com o adiantado do sol e isso não era de meu hábito, pois sempre me levantava cedo para ir cavalgar. Minha cabeça doía, parecia ter água dentro do meu cérebro, estava meio tonta, meu corpo trêmulo e não me recordava de nada do que houve na noite anterior, mas achei estranho estar com o mesmo vestido, pois eu nunca dormia assim, eu sempre me vestia com belas camisolas que possuía e não estava entendendo nada, mas acreditei que adormeci profundamente por causa do cansaço do dia anterior, pois trabalhei muito nas arrumações da casa para receber definitivamente meu amado e seus dois filhos.

A primeira pessoa de quem me lembrei foi San. Então me pus a pensar e me perguntar: onde estaria San? Será que houve algum imprevisto com os negócios e ele não voltou da pequena viagem? Ou será que ele foi ver os filhos? Estava tudo meio confuso na minha cabeça e, enquanto eu estava ali pensando e me perguntando sobre San, Mirtes entrou e, antes que ela me dissesse alguma coisa, eu já lhe perguntei com ansiedade, onde estava San. Ele não voltou da pequena viagem? Ele está lá na casa dele com os filhos? Mirtes me respondeu:

— Calma, senhora dona Miliny, o senhor San chegou ontem, mas já era madrugada e foi ver os filhos dele. Eu estou vindo de lá agora, e ele pediu para dar um recado à senhora: mandou lhe dizer que é para a senhora ir esperar por ele na sua árvore, daqui a pouco ele vai encontrá-la, pois tem um assunto para resolver antes, mas, vou dizer para a senhora, ele não dormiu nada depois que chegou; eu vi quando ele chegou e estava muito nervoso, ficou andando pela casa de um lado para o outro, ele até pegou um copo cheio de uma cachaça que tem lá em um tonel e bebeu de uma só vez; eu fiquei preocupada, mas não lhe perguntei nada. Agora cedo, antes de eu sair de lá da casa, ele me pediu para dar esse recado para a senhora.

Mirtes se retirou e eu me pus a pensar e me perguntar novamente: meu Deus, será que aconteceu alguma coisa com os filhos dele? Ou será com os negócios? Como era de hábito para nós irmos até minha árvore das encruzas, às vezes só para namorar um pouco e outras para nos amarmos e recordarmos a primeira noite que nos amamos, então não achei estranho ele me pedir para esperá-lo lá. Fui para o banho e me arrumar para ir esperar meu amado San em minha árvore das encruzas. Eu estava louca de saudades dele, pois não o via desde a manhã do dia anterior, quando ele foi se despedir de mim, me amar com tanta suavidade e intensidade e me dizer aquelas doces palavras que ainda ecoavam em meus ouvidos. Eu também estava ansiosa para saber por que ele não veio para minha casa, para meus braços quando chegou da pequena viagem e por que estava nervoso a ponto de beber cachaça. Ninguém pode imaginar o que se passa na cabeça e no coração de um homem loucamente apaixonado por uma mulher, tendo ela como sua e acreditando na traição da parte dela.

Comecei a me arrumar para ir ao encontro de meu amado; eu estava um tanto trêmula, com o coração acelerado e pálida, mas a vontade de ver San era imensa, então nem dei muita importância ao meu mal-estar. Peguei um vestido que San adorava me ver vestir, era um vestido de cor vermelha, rico de detalhes em renda na mesma cor, com manga três quartos; era bem justo até a cintura, com um decote avantajado que deixava um pouco à mostra meus belos e fartos seios, mas com detalhe em fina renda no decote para não vulgarizar meu corpo. Tinha uma fita na mesma cor; que amarrava na cintura e formava um laço nas costas; abaixo da cintura era uma saia rodada quase chegando ao chão. Esse vestido era realmente muito elegante e, além de rico de detalhes em renda na mesma cor do tecido, tinha um acabamento e caimento perfeitos e era feito do mais fino e delicado tecido usado naquele época.

Então me vesti com esse belo vestido, coloquei uma pequena flor nos cabelos do lado esquerdo com ele todo solto, pois San também gostava de me ver com flor nos cabelos. Quando ele me via assim, com esse elegante vestido e a flor nos cabelos, dizia que eu me parecia com uma rainha, me tomava em seus fortes braços, me cobria de beijos e de carícias e em seguida me despia por inteira, com muita suavidade, e fazia com que eu me sentisse a mulher mais amada do mundo. Ele era muito carinhoso, suave, gentil, envolvente e muito sensual. Após terminar de me arrumar, saí ao encontro de meu amado San na árvore das encruzas, em meio a encruzilhada.

Quando cheguei até a porta de saída da minha casa, ainda um pouco trêmula, olhei para dentro da casa e senti um aperto no peito, um arrepio pelo corpo e uma tristeza repentina, uma vontade de chorar. Caminhei alguns passos e olhei para o jardim, que estava muito belo, com as novas flores, mais vivas do que antes e que parecia estarem abertas para mim. Aquela sensação estranha não passava, mas não dei muita importância, pois a vontade de ver San era maior, então saí caminhando toda bela com o vento assoprando meus longos e negros cabelos.

    Cheguei na encruzilhada antes de San, e lá sob a sombra da minha árvore das encruzas fiquei e me pus a lembrar da primeira vez que fui amada por ele ali embaixo daquela árvore, sob os pingos da suave chuva que caía naquela noite; estava ali envolvida com meus pensamentos quando avistei San vindo ao meu encontro, já era por volta de meio-dia. Ele estava belo como sempre, montado em seu cavalo, então se aproximou e apeou de seu cavalo, mas quando ele veio se aproximando de mim, notei que não me olhou nos olhos como de costume, ele trazia estampada em seu belo rosto uma imensa tristeza; fiquei preocupada, pois nunca havia visto San assim.

    Ele veio se aproximando mais e, ao chegar bem pertinho de mim, eu já esperava um beijo daqueles grossos e corados lábios e ouvir aquele vozeirão dizendo: "Que saudades, amada Miliny", como ele sempre fazia quando chegava perto de mim. Mas só o Criador de tudo e de todos sabia o que naquele momento aconteceria, pois só Ele sabe o que vai nos acontecer segundos após termos planejado e acreditado acontecer, pois só o Criador de tudo e de todos tem nas mãos a escrita do destino de cada um dos Seus filhos, e o que estava escrito para mim naquele momento não eram os beijos dos grossos e corados lábios de San nem suas doces palavras. San chegou tão próximo a mim que seu corpo ficou quase colado ao meu; enquanto eu esperava o beijo a as doces palavras dele, em um gesto brusco, ele me puxou com força com seu braço esquerdo contra seu corpo, no mesmo instante em que com seu braço direito puxou também com força seu belo punhal e cravou no meu peito sem nada dizer. Meu corpo ficou colado ao dele, mas dessa vez não era com suavidade, intensidade, emoção, desejo e paixão igual quando nos amávamos, e sim para nos despedirmos para sempre em nossas vidas na carne. Enquanto ele segurava meu corpo com seu forte braço esquerdo, com o direto segurava seu belo punhal cravado em meu peito, penetrando cada vez mais, deixando-me sem forças para dizer nada.

Assim como o olhar de San, que por muitas vezes atravessou meus pensamentos, meu íntimo, meu corpo e alcançou minha alma, naquele momento era seu belo punhal que atravessava meu peito e me deixava sem vida. Mesmo sentindo uma dor imensa, consegui erguer minha cabeça, pois San era mais alto que eu; então pude ver seu belo rosto e seus grossos e corados lábios pela última vez sem poder tocá-los, mas o rosto que vi naquele momento eu nunca havia visto nem conhecia em San: era um rosto cheio de ódio e de tristeza e muitas lágrimas rolavam pela sua face e caíam sobre meu belo corpo ali quase já sem vida pelo golpe certeiro de seu punhal e sentindo a dor da morte.

Devo dizer que antes de San ir ao meu encontro, ele foi à procura de Lusion discretamente e, ao encontrá-lo, não permitiu que ele dissesse uma só palavra e cravou seu punhal no peito dele, com tanto ódio e força que atravessou o corpo por inteiro, fazendo com que ele caísse sem vida ali no mesmo instante. Mas San ainda pronunciou algumas palavras a Lusion ali já sem vida, ele disse:

– Você dormiu com Miliny na noite anterior, teve em seus braços a mulher por quem sou loucamente apaixonado e que acreditei só a mim pertencer. Você saciou seus desejos, mas não viverá para contar isso a ninguém, seu maldito, vá direto para o inferno!

E foi empurrando com ódio seu punhal até o cabo no peito dele ali já sem vida.

Eu, ao contrário do calor e da umidade que o meu corpo sentia por inteiro todas as vezes que San me abraçava, naquele momento, sentia meu corpo esfriando, meu rosto e meus lábios perdendo a cor e meu sangue escorrendo por todo o meu corpo, chegando até o solo e formando uma poça sob meus pés. E se na noite que nos amamos pela primeira vez ali naquele mesmo lugar eram os pingos da suave chuva que caíam e molhava a terra, dessa vez era meu sangue que escorria pelo meu corpo e molhava a terra sob meus pés.

Naquela noite em que nos amamos pela primeira vez, comecei a viver nos fortes braços de San; naquele momento eu começava a morrer nos mesmos braços fortes e nada conseguia dizer, pois não tinha mais forças para tal gesto, meu último fio de vida na carne já estava se acabando nos braços do homem que me encheu de vida por tanto tempo, e era ele que ali naquele momento estava tirando-a de mim por inteira, sem me dar o direito de dizer nada. Se ali naquela encruzilhada, sob os pés da minha bela árvore das encruzas, eu na minha infância muitas vezes brinquei, chorei minhas dores, consolei minha prima Lenór, onde fui amada por San muitas vezes, onde comecei a viver, era ali sob os pés da minha árvore, em meio a encruzilhada, que eu vivia meus últimos e piores momentos, pois estava deixando minha vida na carne pelas mãos do homem que tanto me acariciou, me abraçou, aqueceu meu corpo, me fez sentir prazer, emoção, desejo, por quem eu me tornei uma mulher melhor, por quem eu era loucamente apaixonada.

Em meus últimos suspiros, ainda de olhos abertos e olhando o belo rosto de San cheio de ódio, de tristeza, de lágrimas e vendo seus grossos e corados lábios pela última vez na carne, sem poder beijá-lo, eu também pude ouvir aquela voz que ecoava em meus ouvidos com palavras doces e me deixava cheia de desejos, mas naquele momento, pronunciava palavras amargas cheias de ódio e de tristeza, então ele falou:

— Por você, Miliny, abandonei minha família todas as noites, por você eu fiz a mãe dos meus filhos sofrer, mais do que já sofria, e a levei à morte. Fiz tudo o que pude para agradá-la e fazer feliz, pois não houve nem haverá mulher neste mundo que faça eu sentir a emoção, o desejo e a paixão que sinto por você, pois, por você fui, sou e sempre serei loucamente apaixonado, mas não conviverei com sua traição, por mais que meu coração doa, e mesmo sabendo que hoje a vida também acaba para mim, pois sem sua presença para mim não existe vida, mas ainda assim, prefiro vê-la morta ao vê-la novamente de corpo nu sobre uma cama nos braços de outro homem.

Essas foram as últimas palavras que ouvi e então fechei os meus olhos para sempre na vida na carne e desfaleci de vez nos braços do meu homem amado. San, entre lágrimas, soltou meu corpo suavemente sobre o chão. Então, ali sob os pés da minha árvore das encruzas, em meio a encruzilhada, deixei meu corpo encharcado de sangue e sem vida, fiz minha passagem para o outro lado da vida e fui trilhar novos caminhos em espírito.

Parte II

História da Vida em Espírito da Senhora Pombagira Rainha das Encruzilhadas

Capítulo I

A Vida Após a Morte

Como se eu tivesse dormido por muito tempo, acordei. Estava tudo muito escuro nesse lugar onde acordei, e não havia ninguém por lá. Senti meu corpo estranho, eu me apalpava, mas não sentia meu corpo direito; naquela escuridão não conseguia ver nada, não entendia o que estava acontecendo, e isso durou certo tempo. Foi quando percebi que eu estava do outro lado da vida. Senti muito medo, pois não conhecia nada desse lado da vida, não sabia fazer nenhuma prece, nenhuma oração. Eu me senti realmente perdida em meio àquela escuridão. Eu tentava caminhar, mas parecia que estava andando em círculos.

Então parei em um determinado lugar e fiquei um tempo ali, sem saber o que fazer. Foi quando comecei a me lembrar de tudo o que houve comigo em minha vida na carne. Lembrei-me de meu pai, de meu tio Silvério, de Lenór, de Kavian, de dona Preta, de Lusion e, por fim, lembrei-me do meu amado San! Eu não conseguia acreditar na tragédia que havia acontecido comigo. Como pode, um homem tão amável, dócil, suave e apaixonado ter praticado um ato tão cruel, cravando seu punhal no meu peito, levando-me à morte sem ao menos me dar a chance de defesa. Nesse momento senti muita raiva, muito ódio de San; foi quando caiu um par de lágrimas dos meus olhos e, ao pingar as lágrimas sobre o chão, senti uma coisa fria em meus pés e que ia subindo pelo meu corpo. Aquilo foi subindo e parecia um limbo, uma gosma, e eu não conseguia sair do lugar. Fiquei por algum tempo ali e aquilo foi me dando imenso desespero, pois eu não conseguia gritar, e cada segundo que passava, mais aquele limbo, aquela gosma subia sobre meu corpo e se aproximava do meu pescoço. Mas antes que esse limbo chegasse até meu pescoço, senti duas mãos cheias de ossos me segurarem pelo ombro, do lado esquerdo, e duas mãos também cheias de ossos me segurarem pelo ombro, do lado direito; levei um grande susto.

Foi quando fui puxada para fora daquele limbo. Por um instante me senti aliviada por ter sido tirada do meio daquele limbo, daquela gosma. Então foi no mesmo instante que aqueles dois seres, ou cada um deles, me puxaram por um pé; um me puxou pelo pé esquerdo e o outro me puxou pelo pé direito, e saíram arrastando meu corpo pela escuridão afora. Houve um momento em que eles me arrastaram por um caminho cheio de gravetos e espinhos, ferindo meu corpo por inteiro. Mas nesse momento eu já não conseguia nem gritar de tanta dor que eu sentia, e eles também não diziam nada, apenas me arrastavam em meio àquela escuridão. Depois de certo tempo, chegamos a um lugar e nesse lugar eles pararam de me arrastar.

E mais uma vez me senti aliviada, por terem parado de me arrastar, pois meu corpo estava muito machucado e a dor era quase que insuportável, mas ainda assim eu já conseguia ver alguma coisa, tudo meio turvo, esfumaçado, mas dava para ver, pois até então a escuridão era total. Foi quando vi uma espécie de porta, era totalmente quadrada; os quatro lados dessa porta eram iguais e ela estava fechada. Então observei aqueles dois seres totalmente estranhos, pois nesse momento pude vê-los, entre a fumaça e a escuridão. Eles eram muito feios, cheios de ossos, mais pareciam duas caveiras. Que medo eu senti.

Se eu soubesse alguma prece, oração ou qualquer coisa, naquele momento eu faria todas. Mas como eu não sabia nada, pois nunca me importei em aprender nenhuma oração, prece, nada disso me interessava quando ainda vivia na carne, então, fiquei apenas observando, sentindo muito medo daqueles dois seres estranhos e muita dor pelo meu corpo, e era tão grande a dor que às vezes eu pensava que não aguentaria, parecia que meu corpo ainda era humano. Foi quando aqueles dois seres olharam um para o outro e disseram:

– Eis o primeiro portal de acerto com a Lei para essa irmã!

Mesmo sentindo muito medo e dor, eu disse a mim mesma: Malditos, arrastam-me por toda escuridão entre gravetos e espinhos, machucam-me por inteira, deixando meu corpo praticamente sem pele, e ainda me chamam de irmã. Eu continuava ali estendida sobre o chão, sentindo muito medo e muita dor. Foi quando pude ver aquela porta quadrada se abrindo e, no mesmo instante, um daqueles seres estranhos pegou em meus braços e o outro pegou em meus pés e me atiraram dentro daquela porta quadrada.

Senti o enorme impacto do meu corpo caindo naquele estranho lugar, que mais parecia ser um enorme buraco. Estava meio esfumaçado, meio escuro, mas dava para ver um pouco. Maws nesse momento, eu preferia que estivesse tudo escuro, que não desse para ver nada, a ter de ver o que vi ali naquele horrível lugar. Lá havia muitos espíritos, alguns masculinos, outros femininos, muitos deles tinham os corpos mutilados, deformados, que horror aquilo. Pude ouvir muitos gritos e gemidos de dor, e o odor daquele lugar era horrível, tudo ali era horrível. Vi alguns espíritos ali chegando, eles eram parecidos com humanos, pois tinham seus órgãos externos, inclusive os órgãos do sexo, mas todos tinham um aspecto estranho que dava muito medo.

Esses espíritos entravam e já iam agredindo aqueles outros que estavam ali em gritos e gemidos de dor, e ali mesmo eles praticavam sexo de todas as formas, com muita violência e crueldade, quando muitos deles perdiam até a consciência. Senti pavor em ver aquilo, foi quando veio se aproximando de mim um daqueles espíritos horrorosos, já com o órgão sexual à mostra, mas totalmente diferente de um homem normal, e já começou a me agredir sexualmente com muita brutalidade, crueldade e violência, mesmo o meu corpo estando ali caído e todo machucado por ter sido arrastado entre gravetos e espinhos, e quando esse terminou seu horrível ato sexual, veio outro com os mesmos gestos, e assim por diante.

Até que em certo momento, não aguentei mais, pois a dor e o tormento foram muito grande. Então ali caída e sem consciência eu fiquei como se tivesse morrido outra vez. Quanto tempo permaneci ali inconsciente, ou quanto tempo fiquei nesse lugar? Apenas digo que foi muito! Mas, como espírito não morre, ele é eterno, em certo momento despertei, mas ainda continuei ali caída sobre o chão, meu corpo ainda doía, mas a dor já era menor que antes.

Capítulo II

O Senhor de Capa Com Gorro

Fiquei um tempo observando, mas nenhum daqueles espíritos horrorosos voltaram a me violentar com suas brutalidades e crueldades em ato sexual. Eu ainda sentia dor e estava muito cansada. Foi então que se aproximaram do meu corpo ali caído os dois seres estranhos, os que me arrastaram escuridão afora, entre gravetos e espinhos até ali. Um se posicionou do meu lado esquerdo e o outro do meu lado direito. Nesse momento, apareceu outro ser bastante diferente! Ele usava uma capa nas costas, e nessa capa continha um gorro que lhe cobria a cabeça. Ele era bastante alto e também usava uma enorme espada dourada na cintura, do lado direito. Com a capa entreaberta, eu via um colar de pedras nas cores azul-escura e preta, era um colar muito bonito.

Ele tinha um rosto carrancudo e não olhava diretamente para mim, olhava meio de lado. Até então foi o primeiro ser que não me assustou tanto com a aparência. Foi dessa forma que esse ser apareceu diante do meu corpo ali caído e dos dois seres estranhos, que estavam ali posicionados um do meu lado direito e outro do meu lado esquerdo. Então aquele Senhor fez um gesto afirmativo com a cabeça, e nesse momento cada um dos dois seres me segurou de um lado e me levantaram. Eu não conseguia me sustentar sobre as pernas, pois meu corpo ainda estava bastante machucado e me sentia muito fraca.

Foi quando aquele Senhor de capa nas costas se aproximou um pouco mais de mim, mas sem olhar diretamente em meus olhos, e disse:

– Mulher, aqui em meu domínio você já terminou seu acerto com a Lei, mas daqui a algum tempo voltará, não para acertos com a Lei, mas sim para buscar os caídos que aqui estão e que são seus, pois caíram diante da Lei em seu nome. Mas esse dia demora um pouco, pois você ainda tem acertos com a Lei em outros domínios. Também precisa reaprender, relembrar de todos os mistérios contidos em você, pelos quais um dia caiu, por usá-los de forma desordenada e desequilibrada, deixando seu trono vazio, à espera de sua volta. No dia em que aqui voltar para resgatar os seus, nesse dia eu lhe chamarei de SENHORA POMBAGIRA RAINHA DAS ENCRUZILHADAS e lhe darei todo respeito que lhe é de direito, pois assim você era chamada antes de cair diante da Lei, e será sempre chamada assim por todo o sempre.

Ele tinha uma voz forte e taxativa. Eu nada respondi, mesmo porque nada entendi. Ele novamente fez um gesto afirmativo com a cabeça para aqueles dois irmãos cheios de ossos, pois era assim que dali em diante eu os chamaria, de irmãos cheios de ossos, já que me chamavam de irmã. Então, foram me levando para fora daquele lugar e, antes de chegarmos até aquela enorme porta quadrada, eu já via ela se abrindo, para que pudéssemos passar. Chegamos até lá e viramos de costas para ela e de frente para dentro do lugar que acabávamos de sair. Com um gesto de reverência, os dois irmãos cheios de ossos se curvaram e me curvaram também; após esse gesto, viramos de frente para a enorme porta quadrada e saímos. Ao sairmos desse lugar, caminhamos um bom tempo, e eu me sentia aliviada, pois dessa vez os dois irmãos cheios de ossos não estavam me arrastando e ferindo meu corpo por inteiro, como fizeram da primeira vez; eles apenas me apoiavam, cada um de um lado do meu corpo, para que eu pudesse vagarosamente caminhar, mas ninguém dizia nada, nem eles nem eu. Caminhamos por um longo tempo e chegamos em uma outra porta estranha. Dessa vez a porta era em forma de um enorme círculo.

Quando chegamos bem próximos dessa enorme porta, senti um imenso calor, que percorria meu corpo como se ele ainda fosse humano. E quanto mais perto chegávamos, mais o calor aumentava, até que paramos bem em frente daquela enorme porta em forma de círculo, que se mantinha fechada. Então os dois irmãos cheios de ossos mais uma vez olharam um para o outro, e dessa vez disseram em uma só voz:

— Mais um portal de acerto com a Lei lhe aguarda, irmã.

Dessa vez eu me irritei com eles e com a voz ainda fraca falei:

— Seus montes de ossos, eu não sou irmã de vocês.

Eles deram uma enorme gargalhada e, em seguida, em um gesto rápido, colocaram as mãos sobre minhas costas, enquanto aquela enorme porta se abria. Então eles me empurraram para dentro daquela enorme porta em forma de círculo. Caí ali em meio a um imenso fogo, e em instante as chamas foram se tornando visíveis por todo o meu corpo. Que dor horrível eu senti naquele momento.

Mas achei muito estranho aquele fogo queimando todo o meu corpo e eu podia ver tudo o que acontecia ali. Havia espíritos que chegavam ainda em forma humana e o fogo começava a queimá-los, até que ficassem minúsculos. E não eram só esses espíritos que lá chegavam, tinha também umas coisas estranhas, umas bolas enormes escuras e gosmentas que o fogo queimava e consumia-as por inteiro. A verdade é que o fogo queimava tudo o que por lá aparecia. Eu podia ver tudo isso com meu corpo totalmente em chamas. Eu via muitas coisas queimando e muitos espíritos gritando e gemendo de dor, sendo totalmente queimados, e em meu corpo cada vez mais eu sentia o fogo aumentando, até que em certo momento desfaleci em meio a todo aquele fogo. Quanto tempo permaneci lá? Foi muito! Quando despertei, perguntei a mim mesma como havia sobrevivido em meio a tanto fogo? Eu mesma respondi: Eu agora estou do outro lado da vida, estou em espírito e espírito não morre, ele é eterno. Eu me fiz outra pergunta: Por que alguns espíritos eram queimados até ficarem minúsculos? E outra vez eu mesma respondi: É porque os débitos deles com a Lei eram muito grandes, e como o fogo purifica todo negativismo e tudo que é negativo, e o que eles fizeram enquanto viveram na carne foram só ações negativas, por isso o fogo os queimou por inteiro até ficarem minúsculos. Foi quando comecei a pensar, ali ainda em meio a todo aquele fogo, e novamente perguntei a mim mesma: Como eu sabia tudo aquilo?

Capítulo III

Os Mistérios do Fogo e o Senhor de Capa Reluzente

Foi quando percebi que estava me lembrando de coisas e de mistérios que eu já conhecia, e mesmo ali ainda caída em meio a todo aquele fogo, foram-me abertos mistérios sobre os mistérios do fogo, mistérios esses que eu já conhecia, mas que minha consciência e memória humana haviam apagado. Continuei ali observando e vendo o fogo queimando tudo e todos que por ali apareciam. Em um dos mistérios do fogo que estava se abrindo para mim naquele momento, eu via uma chama enorme de fogo que se levantava e ia até o meio humano e chegava até determinado ser humano, que ainda vivia na carne, e quando essa chama chegava até ele, ela se transformava em uma espécie de fita bem larga e se enrolava toda em volta de seu corpo, começando pela cabeça, e ia se enrolando até os pés e circulava tão rápido sobre o corpo dessa pessoa que, olhando bem firme, eu via raios de fogo coloridos, que circulavam por sete vezes sobre o corpo dessa pessoa. Após ter circulado rapidamente por sete vezes, formando raios coloridos, então caía sobre os pés da pessoa e permanecia ali, circulando rapidamente e recolhendo tudo de negativo que existia no corpo dela. Eu via o fogo recolhendo espíritos negativos que estavam alojados no corpo, no espírito e nos campos dessa pessoa; recolhia também umas bolas gosmentas que estavam grudadas nela. E tudo que esse fogo recolhia era enviado ali para aquele lugar em que eu estava, onde tudo e todos eram purificados, alguns eram consumidos pelo fogo, como aquelas bolas gosmentas, que o fogo queimava até serem consumidas por inteira.

Dos espíritos negativos que foram recolhidos do corpo, espírito e campos da pessoa, depois de purificados pelo fogo, alguns eram encaminhados para outros domínios e outros eram queimados por inteiro até ficarem minúsculos. Havia também uns seres bem pequenos que permaneciam alojados no corpo da pessoa, e que tinham sido recolhidos, mas esses pequenos seres não eram purificados pelo fogo, o fogo apenas circulava em volta deles, mas não os queimava. Após o fogo terminar de circular em volta deles, eles eram enviados para outros lugares, que fossem da origem deles.

Esse é apenas um dos mistérios do fogo que se abriu naquele momento para mim, pois são muitos os mistérios dentro do mistério do fogo, e tudo o que eu vi ali naquele lugar eram apenas algumas das coisas que o poder do mistério fogo é capaz. Mas para o fogo sair de seu domínio e chegar até um ser humano e recolher, absorver, purificar e diluir tudo o que existe de negativo no corpo, espírito e campos dele, é necessário que o fogo seja solicitado, evocado e determinado, mas isso deve ser feito por um ser humano que buscou um pouco de conhecimento sobre os mistérios dos mistérios do fogo e que esteja apto a solicitar, evocar e determinar esse fogo.

Muito eu poderia dizer sobre o que vi e sobre os sagrados mistérios do fogo que se abriram para mim naquele momento e naquele lugar, mas a permissão que tenho parar falar sobre esse sagrado mistério termina aqui. Eu ainda permaneci ali em meio ao fogo, mas a cada instante o fogo ia cessando e amenizando as chamas que queimava o meu corpo. Em certo momento, mais uma vez apareceu um Senhor, que também usava uma enorme capa nas costas. Mas dessa vez era uma capa que se tornava reluzente com o brilho dos raios do fogo. No entanto, não tenho permissão para falar muito sobre esse Senhor de capa reluzente, só posso dizer que ele se aproximou de mim, ainda ali caída sob algumas chamas; com um gesto rápido, ele girou para a esquerda e, com o vento que soprou de sua capa, as chamas de fogo de todo aquele recinto aumentaram muito, mas por mistérios dos mistérios, as chamas que ainda queimavam meu corpo levemente se cessaram por inteiro, mesmo tendo aumentado imensamente as chamas de todo aquele recinto com o giro daquele Senhor de capa reluzente.

E quando as chamas do meu corpo cessaram por inteiro, ele parou do lado direito do meu corpo e abriu seus enormes braços, deixando bem à mostra aquela bonita capa reluzente. E nesse momento, quem se fez presente do meu lado esquerdo e do meu lado direito? Eles mesmos, os dois irmãos cheios de ossos. Então sem nada dizer, aquele bonito Senhor foi se retirando, enquanto os irmãos cheios de ossos iam levantando meu corpo. Eles me puseram em pé, mas sempre me apoiando; então pude ver àquele bonito Senhor caminhando em meio àquele fogaréu com sua bonita capa reluzente, e mesmo ainda sentindo muita dor por todo o corpo achei muito bonito ver aquele Senhor caminhando em meio a todo aquele fogo, com sua bonita capa reluzente e sem ser queimado por inteiro.

Quando ele chegou a alguns metros de distância de onde eu e os irmãos cheios de ossos estávamos, ele se virou de frente para nós e mais uma vez abriu seus enormes braços; no mesmo instante, os irmãos cheios de ossos foram me retirando dali, cada um deles segurando de um lado do meu corpo; fomos saindo bem devagar, e ao chegarmos até aquela enorme porta em forma de círculo, ainda fechada, viramos de frente, para dentro de onde estávamos, e eu ainda pude ver aquele bonito Senhor em meio a todo aquele fogo, e mesmo estando um pouco distante dele, eu ainda via sua bonita capa reluzente. Então nos curvamos em gesto de reverência em frente àquele fogo todo e daquele bonito Senhor. Viramos de frente para aquela enorme porta em forma de círculo, que no mesmo momento foi se abrindo, para que pudéssemos sair.

Capítulo IV

Os Processos de Cura

Após sairmos, caminhamos um longo tempo; os irmãos cheios de ossos sempre apoiando meu corpo, cada um de um lado, pararam e colocaram uma venda em meus olhos. Fiquei muito assustada e pela primeira vez fiz uma pergunta a eles:

– Por que estão tapando meus olhos?

Eles responderam juntos:

– Por mistérios dos mistérios, no momento você não pode ver o símbolo desse portal nem como vamos entrar nele.

Então me seguraram pelos ombros e me retiraram do chão, e rápido como um relâmpago já estávamos lá dentro desse lugar.

Eu, nesse momento, já sentia meu corpo menos dolorido e um pouco leve. Foi então que os irmãos cheios de ossos, sempre agindo juntos, retiraram a venda dos meus olhos, já dentro daquele lugar. Quê susto e que medo eu senti, preferia naquele momento ter ficado com a venda em meus olhos, para não ter de ver o que vi ali. Vi espíritos ali chegando, alguns mutilados, faltando alguns de seus órgãos; havia alguns a quem faltavam as pernas, braços; a outros faltavam os órgãos sexuais; havia alguns a quem faltava o cérebro e ainda os que estavam todos ensanguentados por inteiro.

Todos gritavam muito e ao mesmo tempo; que horror que os meus olhos viam. Os irmãos cheios de ossos já haviam se retirado do local de onde eu estava, pois eles só me acompanharam, retiraram a venda dos meus olhos, deixaram-me dentro do local e saíram em seguida. Naquele momento eu preferia estar com eles, pois apesar de serem cheios de ossos e terem sido cruéis comigo quando me arrastaram em meio à escuridão, entre gravetos e espinhos, eu já estava me acostumando com eles, sem dizer que a aparência deles, mesmo sendo cheios de ossos e parecendo duas caveiras, ainda era muito melhor do que tudo aquilo que meus olhos viam naquele momento.

Muito assustada e com medo, eu continuava ali parada olhando e horrorizada com o que meus olhos viam. Foi quando apareceu, não vi de onde, nem de que lado veio, uma senhora muito estranha. Ela não mostrava seu rosto direito e suas vestes eram pretas, meio desfiadas, parecia muito usadas, era mesmo muito estranha essa Senhora. Ela foi se aproximando de mim e eu tremia de medo daquela mulher. Então, com uma voz um pouco rouca e um tanto baixa, ela me disse:

– Se aqui você está, é porque o Criador de tudo e de todos assim quis, e hoje aqui você veio para reaprender, relembrar tudo o que existe dentro dos mistérios que estão em meu domínio e que sua memória humana apagou. Daqui agora eu vou me retirar por um tempo, mas você ficará, e não se amedronte nem se assuste, pois sua consciência lhe mostrará o que deve fazer. Vou lhe deixar este objeto, que na verdade é uma ferramenta e que é sua por direito, e que aqui em meu domínio guardei até sua volta.

Em um gesto rápido, ela retirou de suas costas um lindo xale de cor vermelha, todo bordado em volta, na cor dourada, e com rendas também em volta, e o colocou sobre minhas costas; girando rapidamente para a esquerda ela se retirou dali e sumiu da minha frente como fumaça. Eu fiquei ali parada, com muito medo e sem saber o que fazer em meio àquele horror. Então pensei: se ela me deixou aqui sozinha em seu domínio, é porque confia em mim, então não posso decepcioná-la. Eu me fiz várias perguntas por que só vi aquele lindo xale quando ela retirou de suas costas e colocou-o sobre as minhas? Por que ela não permitiu que eu visse quando ela chegou e se aproximou de mim? Por que eu só vi aquela veste preta e desfiada? Por que ela disse que aquele lindo xale que apareceu nas costas e que até então estava invisível aos meus olhos era meu por direito? Também disse que aquele lindo xale era uma ferramenta? Fiquei um bom tempo ali pensando e me perguntando e não entendia nada do que aquela estranha Senhora havia me dito.

Foi quando veio se arrastando até minha frente um espírito encharcado de sangue, que segurou em meus pés e falou com uma voz bem fraca:

— Me ajude, Senhora, me socorra, me tire desse sofrimento. Eu peço perdão para o Criador de tudo e de todos, por tudo de errado, de negativo que fiz quando vivi na carne, inclusive por ter assassinado a facadas tantos irmãos, e por ter perfurado o corpo daquela inocente mulher e tê-la enterrado ainda viva e toda ensanguentada.

E nesse momento a voz dele ficou mais forte, e ele soltou um grito, dizendo:

— Perdoe-me, Criador de tudo e de todos, e me tire dessa dor que corrói o meu ser por inteiro, me tire desse tormento, cessa esse sangue que escorre por todos os poros do meu corpo.

Ao terminar de dizer essas palavras, ele se calou e desfaleceu ali todo cheio de sangue em meus pés. Eu, com muito medo e assustada, sem saber direito o que fazer, me perguntei novamente: Se aquela Senhora estranha me deixou ali sozinha, era porque confiava em mim, e se aquele espírito estava ali aos meus pés pedindo perdão para o Criador de tudo e todos, era porque estava arrependido do que fez de mal quando vivia na carne.

Continuei ali me perguntando por um bom tempo, em meio a gritos e gemidos de dor daqueles espíritos mutilados e deformados que ali estavam, enquanto aquele outro espírito continuava desfalecido aos meus pés. Foi quando firmei minha visão em tudo o que ali acontecia, inclusive naquele espírito; então circulei em volta dele, ali caído aos meus pés, e comecei a circular rapidamente, e circulei por sete vezes em volta dele. Meu corpo ficou tão leve nesse momento que parecia que eu dançava enquanto circulava o corpo daquele espírito. E quando terminei o sétimo círculo, percebi que aquele espírito despertou e se levantou em seguida, e quando ele se levantou, percebi também que aquele sangue, que jorrava de seu corpo, escorreu todo pelo chão, deixando o corpo dele limpo e curado.

Fiquei assustada com o que o vi, foi quando ele se ajoelhou aos meus pés e disse:

– Eu vos agradeço, Senhora, por ter me tirado do tormento e da dor.

Eu respondi:

– Agradeça ao Criador de tudo e de todos, pois sem a permissão d'Ele eu nada faria por você, e se curado você está é porque se arrependeu de seus erros na carne e cumpriu aqui seu acerto com a Lei, pois a Lei existe para todos, sem exceção!

Ele disse:

– Ainda assim agradeço a Senhora e aqui do seu lado ficarei para o que for necessário.

As palavras que eu disse a ele foram brotando em minha mente, mas eu ainda não conseguia entender direito; já me sentia um tanto segura, o medo que sentia já era menor.

Então ele se posicionou do meu lado e ali ficou! Nesse mesmo instante, veio se aproximando de mim outro espírito também pedindo socorro. A esse espírito que se aproximou de mim estava faltando o órgão sexual e seu corpo estava todo machucado, como se tivesse levado uma surra. Ele dizia:

– Senhora, assim como socorreu, ajudou e curou esse irmão que agora está aí posicionado ao seu lado, socorra-me, ajude-me!

Então ele escancarou a voz entre gemidos de dor e disse:

– Perdoe-me, Criador de tudo e de todos, eu peço perdão por ter infligido as Leis quando vivi na carne, me perdoe por ter violentado e levado à morte tantas meninas e meninos ainda crianças, me perdoe inclusive por aquela menina ainda criança, que eu, por crueldade, mandei amarrar o pai dela enquanto a violentava sexualmente até à morte, eu estou arrependido.

Era horrível ouvir seus gritos de dor, ao mesmo tempo que pedia perdão ao Criador de tudo e de todos; também era horrível ver aquele corpo todo machucado, e onde era para ser seu órgão sexual, tinha um buraco enorme cheio de larvas visíveis aos meus olhos!

Enquanto pedia perdão e gemia de dor, ao mesmo tempo ele estava ajoelhado em minha frente e, quando, por um instante, parou de gemer e pedir perdão ao Criador de tudo e de todos, eu, em um impulso, circulei seu corpo começando pelo lado esquerdo, e como se eu estivesse dançando novamente, circulei em volta dele por três vezes, e no último círculo retirei rapidamente o lindo xale das minhas costas e cobri o corpo dele. Então, ainda ajoelhado aos meus pés e coberto com o lindo xale, eu o segurei pelos ombros e o levantei, e quando ele estava em pé, retirei o lindo xale de seu corpo, puxando-o rapidamente bem forte com as duas mãos.

Quando olhei para aquele corpo, grande foi minha surpresa, pois vi um corpo em espírito curado de seus tormentos, não havia mais nenhum ferimento e seu órgão sexual estava perfeitamente no lugar, onde antes era um enorme buraco cheio de larvas visíveis. Ele ficou parado em minha frente por um instante e, em seguida, caiu de joelhos aos meus pés, e assim como o outro irmão, ele agradeceu dizendo:

– Obrigada, poderosa Senhora, por ter me socorrido, me ajudado e me curado dos meus tormentos e devolvido meu órgão sexual, o qual só usei quando vivi na carne de forma negativa, fazendo mal a muitas mulheres e crianças. Eu nunca o usei para dar prazer a nenhuma delas, mas somente para fazer maldades e muitas vezes levá-las à morte. E, muito agradecido, também ficarei ao seu lado e do seu lado, para tudo o que se fizer necessário.

Capítulo V

A Visão da Queda

Eu estava tão emocionada que naquele momento não consegui responder nada. Então ele se levantou e também se posicionou ao meu lado. Em meio a tantos gritos e gemidos de dor daqueles irmãos que ali estavam, eu me sentia um tanto estranha. Sentia uma energia tão forte que até então não conhecia, ou não me lembrava, mas sentia essa energia por todo o meu corpo, inclusive nas palmas das mãos. Permaneci ali por um tempo, sem nada dizer para aqueles dois irmãos que ali estavam, já curados e posicionados ao meu lado. Foi quando veio mais um daqueles irmãos em seu tormento na dor e se aproximou de mim também pedindo socorro. Dessa vez era um espírito feminino, tinha um corpo que parecia ser corpo de um humano ainda, mas da cintura para baixo até os órgãos íntimos do corpo dela estavam todos abertos e tinha pequenos seres estranhos grudados na parte interna dessa abertura, como se fossem fetos humanos; eram vários deles, uns grudados, outros pendurados, e dos mamilos dos seios dela jorrava um líquido estranho, parecia ser leite misturado com sangue; era para mim uma visão horrível.

Então me perguntei: Onde estaria aquela estranha Senhora, que me recebeu naquele lugar, me deu aquele lindo xale e depois sumiu, deixando-me sozinha ali em meio àquele horror? Por um instante me senti insegura, diante da visão horrorosa daquele espírito feminino ali em minha frente pedindo-me socorro. Foi quando ela se ajoelhou e começou a clamar pelo Criador de tudo e de todos, como fizera os dois irmãos que haviam sido curados e que estavam ali posicionados ao meu lado. Então ela clamava e pedia perdão pelos seus erros na carne. Enquanto ela gemia de dor e clamava ao Criador de tudo e de todos, eu sentia fluir por todo o meu corpo aquela forte energia, que até aquele momento era desconhecida para mim. Então comecei a me sentir segura e forte, foi quando segurei os ombros daquela irmã e a levantei, coloquei-a em pé em minha frente, e ela mal conseguia parar em pé. Cheguei o mais perto possível dela e puxei o lindo xale das minhas costas, de forma que cobrisse minha cabeça e meu rosto, espalmei minhas duas mãos para frente e as coloquei sobre a testa dela bem devagar, enquanto ela gemia de dor.

Mantive minhas duas mãos sobre a testa dela por alguns instantes, eu sentia aquela energia cada vez mais forte e fui descendo minhas mãos bem devagar sobre o corpo dela. Pude sentir, quando tocou seus seios, que minhas mãos ficaram molhadas com aquele estranho líquido que jorrava deles, mas continuei descendo minhas mãos sobre o corpo dela e quando minhas mãos chegaram naquela enorme abertura, onde estavam grudados e pendurados aqueles pequenos seres parecidos com fetos humanos, parei por um instante minhas mãos ali e pude sentir aqueles pequenos seres se desgrudando e se soltando do corpo dela. Então aprofundei minhas mãos sobre aquela enorme abertura e fui passando-as bem devagar e pude sentir aquela região do corpo dela ficando limpo por inteiro, enquanto ela nesse momento urrava de dor e implorava para que eu a livrasse daquele tormento.

Quando senti que dentro daquela enorme abertura já estava tudo limpo e que aqueles pequenos seres já tinham se desgrudado todos, então voltei minhas mãos para a superfície daquela abertura e fiquei com as duas mãos espalmadas ali por alguns instantes; foi quando senti aquela abertura se fechando bem devagar e por inteiro, e os gritos e gemidos daquela irmã foram cessando. Então subi minhas mãos, sempre espalmadas, até seus seios, e no mesmo instante pude sentir que aquele estranho líquido havia parado de jorrar. Então subi minhas mãos mais um pouco sobre o corpo dela e novamente coloquei-as sobre a testa dela, e bem devagar fui descendo sobre seu corpo, até chegar aos pés; foi quando pude sentir, através das minhas mãos, que aquele corpo estava curado por inteiro. Então, em um gesto rápido, puxei meu lindo xale, que até aquele momento ainda cobria minha cabeça e meu rosto, e cobri o corpo dela. Nesse instante, ela caiu de joelhos aos meus pés e disse:

— Eu vos agradeço, Senhora, por ter me socorrido, me curado e me tirado de tanto tormento, pois há tempos incontáveis estou aqui, em meio a tantas dores e sofrimento, mas hoje sei que tudo o que passei foi em consequência dos meus erros quando vivi na carne. Eu estava pagando tudo que eu devia para a Lei, pois quando vivi na carne nunca procurei aprender nada sobre o Criador de tudo e de todos, nem sobre Suas Leis. E como a Senhora já sabe, meus erros foram os piores aos olhos da Lei, então, aqui de joelhos, diante da Senhora, eu peço novamente perdão ao Criador de tudo e de todos e também mais uma vez e muitas e muitas outras vezes, eu vos agradeço.

Ela se levantou, já com forças o suficiente para tal gesto, e disse:

– Permita-me ficar ao seu lado para todo e sempre.

Eu olhei para ela e rapidamente retirei meu lindo xale, que estava cobrindo seu corpo, sacudi ele por três vezes e joguei sobre minhas costas e continuei olhando para ela.

Grande foi minha surpresa e meu susto, quando eu ali parada e olhando para ela pude ver através das costas dela um quadrado como se fosse um espelho, que tinha os quatro lados iguais. Pude ver através dele toda a trajetória daquela mulher quando ela viveu na carne. Eu via seus rituais macabros nas encruzilhadas, onde ela evocava a Senhora Pombagira Rainha das Encruzilhadas, e eu me via lá com ela, auxiliando-a naquele horror que ela praticava e nas determinações negativas que fazia. Era sempre a Senhora Pombagira Rainha das Encruzilhadas que ela evocava, e todas as vezes era eu quem estava lá auxiliando-a.

Foi nesse momento que relembrei quem eu fui antes de reencarnar nessa minha última passagem pela terra e pude também ver um pouco do porquê da minha queda. Pois, por puro orgulho, vaidade e luxúria, eu me esqueci das Leis Divinas e usei meus mistérios de forma negativa, pois cada vez que aquela mulher me evocava para fazer seus rituais macabros eu me via do lado dela auxiliando-a naquelas ações negativas contra seu semelhante. Muitas vezes não era nas encruzilhadas que ela me evocava para seus atos negativos, e sim em qualquer lugar que decidisse fazer maldade contra os seus.

Continuei ali, olhando tudo o que me era mostrado através daquele quadrado em forma de espelho. Fiquei estremecida quando vi aquela mulher cometer um ato desumano. Vi-a aproximando-se de uma enorme fogueira e ela estava com uma pequena criança, que carregava embaixo do braço como se fosse um embrulho, um pacote. Era tão pequena essa criança que parecia ter acabado de nascer e estava viva, choramingando bem baixinho e mexendo as perninhas. Então ela chegou bem próximo da fogueira e parou em frente àquele enorme fogo, pegou daquela pequena criança com as duas mãos e atirou-a na fogueira; pude até ouvir os estalos das chamas sobre a lenha e sobre o pequenino corpo daquela criança. Toda essa crueldade ela fazia com meu auxílio. Minha visão não suportava mais ver tanto horror e principalmente esse ato horrível cometido com aquela pequena criança. Então, caí de joelhos e também aquela mulher que estava ali em minha frente ajoelhou-se; do mesmo modo procederam os dois irmãos que estavam do meu lado.

Minhas lágrimas rolavam sobre meu rosto, enquanto eu pedia mil vezes perdão ao Criador de tudo e de todos por ter infringido as Leis Divinas por puro orgulho, vaidade e luxúria, pois desrespeitei um trono que a mim foi confiado. Entre lágrimas, eu me perguntei: Como pude agir daquela forma tão negativa, auxiliando aquela mulher em seus rituais macabros? Não foi para aqueles fins que me foi confiado um trono e um domínio à esquerda do Criador de tudo e de todos! Ficamos um tempo ali ajoelhados, eu, aquela mulher e os dois irmãos que estavam ao meu lado. Após ter chorado muito e muitas vezes ter pedido perdão ao Criador de tudo e todos, senti-me um pouco aliviada e com meu íntimo mais equilibrado.

Levantei, os dois irmãos e aquela mulher também se levantaram, e cada um deles permaneceu em seus lugares, os dois irmãos, um do meu lado esquerdo e outro do meu lado direito. Por um instante, lembrei-me dos irmãos cheios de ossos, pois eles também ficavam assim, um do meu lado esquerdo e outro do meu lado direito. Aquela mulher permaneceu em minha frente, e o quadrado que se parecia com um espelho também permanecia ali; então olhei fixamente nele, mas ele estava meio esfumaçado e não pude ver nada.

Continuei olhando, foi quando apareceu em meio àquela fumaça um Senhor com uma enorme capa preta e uma bonita espada dourada, que ele segurava em frente a seu peito com as duas mãos. Ele sacudiu sua capa e aquela fumaça desapareceu por inteiro; então pude vê-lo nitidamente. Eu vi aquele Senhor de capa preta, com sua bonita espada dourada, recolhendo todos os espíritos caídos em todas as ações negativas que eu auxiliei, inclusive as ações negativas que aqueles dois irmãos que estavam ali do meu lado praticaram, enquanto viviam na carne, e que eu, com a permissão do Criador de tudo e de todos curei.

Em todas as ações negativas que eles praticavam evocavam a mim, e eu por orgulho, vaidade e luxúria os auxiliava. Quando um daqueles irmãos perfurou o corpo de uma mulher e a enterrou ainda viva, era a mim que ele evoca; esse ato cruel e muitos outros atos horríveis cometidos por ele que eu o auxiliei. Também auxiliei aquele irmão em seus atos negativos de violência sexual com mulheres e crianças; auxiliei naquele ato horroroso, em que ele violentava sexualmente até a morte aquela criança na presença do pai dela, ali, todo amarrado.

Meu Deus, que cenas horríveis meus olhos viam naquele momento. E; em todos os atos negativos que eu me via auxiliando através daquele quadrado em forma de espelho, era aquele Senhor de capa preta e bonita espada dourada na frente do peito que aparecia para recolher os espíritos negativos que lá estavam, pois foram muitos os que caíram em meu nome, e a todos ele recolhia e encaminhava para os domínios afins, para lá permanecerem até que cumprissem seus débitos com a Lei.

E quando aqueles dois irmãos que estavam ali do meu lado e aquela mulher que estava ali em minha frente deixaram suas vidas na carne, foi esse Senhor de capa preta e bonita espada dourada na frente do peito que os recolheu e os levou para aquele domínio onde eu estava, para acertos com a Lei e aguardar minha chegada para serem curados. Quando, através daquele quadrado em forma de espelho, aquele Senhor de capa preta e bonita espada dourada já havia me mostrado tudo que naquele momento eu precisava ver, ele em um único giro para o lado esquerdo desapareceu e, naquele quadrado em forma de espelho, eu mais nada via. Em alguns instantes esse quadrado em forma de espelho também sumiu da minha frente, de onde se posicionava atrás da costa daquela mulher, que parada ali em minha frente ainda estava.

Capítulo VI

O Resgate no Campo-Santo

Eu já sabia quem fui antes de reencarnar, e naquele momento já estava apta a reassumir o meu trono em meu domínio, que por meu merecimento o Criador de tudo e de todos me confiou, e também já tinha cumprido meus débitos com a Lei; por isso, fui levada pelos irmãos cheios de ossos para aquele domínio, para que eu relembrasse dos mistérios que em mim estavam contidos e também para socorrer, resgatar e curar aqueles dois irmãos e aquela irmã, pois eles foram, são e sempre serão meus auxiliares, que caíram diante da Lei por minha causa.

    Então, por ter me lembrado dos meus três fiéis auxiliares, eu os abracei, um a um, e do meu lado esquerdo se posicionou um dos irmãos e aquela irmã, e do meu lado direito se posicionou o outro irmão e ficamos todos de frente para aquele domínio, olhando todos aqueles irmãos vivendo seus tormentos em espírito, cumprindo seus débitos com a Lei, mas que ainda não estavam aptos a ser socorridos e curados, porque na Lei Divina tudo é feito ao seu tempo, pois só sai de um domínio de onde foi enviado o espírito que já cumpriu seus acertos com a Lei e, se necessário for, ele será encaminhado para outros domínios onde tenha débito. Ao fim de seus acertos com a Lei, ele já estará apto a ser socorrido e curado para reassumir seus graus e degraus perante o Criador de tudo e de todos.

Ficamos ali olhando por um tempo, foi quando apareceu em nossa frente aquela Senhora estranha, a qual me recebeu ali naquele domínio, entregou-me aquele lindo xale e me deixou lá sozinha com aqueles irmãos a serem curados. Ela apareceu tão rápido que nem percebemos de onde ela veio. Fez um gesto, curvando seu corpo levemente para nos cumprimentar, e me saudou assim:

– Salve, Senhora Pombagira Rainha das Encruzilhadas, aqui em meu domínio a Senhora já cumpriu sua missão, pois relembrou dos mistérios contidos em vós, pôde ver na tela da vida um pouco dos porquês de sua queda e pediu perdão ao Criador de tudo e de todos pelos seus atos negativos, quando, por orgulho, vaidade e luxúria, a Senhora auxiliava alguns irmãos na carne em suas ações negativas, mas hoje já pôde socorrer, curar três dos seus auxiliares que aqui estão em seus lugares que é ao seu lado, pois aqui eles estavam em seus tormentos na dor, cumprindo seus débitos com a Lei e também aguardando sua volta, pois eles caíram diante da Lei por sua causa.

Eu olhei fixamente para ela e agradeci por tamanha confiança depositada em mim e por tudo o que me foi mostrado ali. Ela, como eu já disse anteriormente, usava uma veste estranha, de cor preta e meio desfiada, que parecia muito usada. Eu continuei olhando para ela, que dessa vez me olhava de outra forma; ela me olhava diretamente nos olhos. Então fez um giro muito rápido para esquerda, que chacoalhou até o meu corpo, e nesse rápido giro que fez, ela se mostrou em minha frente com uma linda veste.

Usava um lindo vestido de cor roxa e também um lindo xale nas costas; então ela me disse:

– Agora a Senhora já pode me ver como realmente sou.

Devo dizer que, com essa veste, ela se parecia com uma mulher humana e muito bela. Ela continuou falando:

– Quando aqui em meu domínio a Senhora chegou, não estava pronta para me ver com essa veste nem com esse xale, que na verdade é um instrumento de trabalho e, antes de a Senhora cair diante da Lei, nós trabalhávamos muitas vezes juntas, sempre socorrendo, resgatando e curando todos os irmãos que estavam em seus tormentos da dor e que eram de nossos campos e cabia a nós socorrê-los, resgatá-los e curá-los. Se eu deixasse que me visse como realmente sou, saberia de imediato quem sou, e a Senhora não estava pronta ainda para tal visão e, como já sabe, eu tenho meu domínio, que é este onde agora estamos, e a Senhora tem o seu, e nesse momento já está apta a ocupá-lo, mas antes que isso aconteça, eu, a Senhora e seus três auxiliares aqui presentes vamos resgatar alguns irmãos e trazer para o meu domínio e para o seu, para que sejam socorridos e curados por nós, pois são nossos e esperam por nós.

Ela terminou de dizer essas palavras e demos as mãos, eu, ela e meus três auxiliares, e giramos rapidamente para a esquerda, e como um relâmpago já estávamos nos portões do campo-santo. Do lado esquerdo do portão estava um Senhor que media quase uns dois metros de altura, ele usava uma enorme espada que parecia ser de ouro, e na ponta do cabo dela havia uma caveira; eu achei muito bonita aquela espada. E do lado desse Senhor estava posicionada uma bela Senhora, muito bem vestida, mas com um rosto sério; apesar de delicado, ela segurava um lindo punhal, que tinha três pedras vermelhas no cabo.

Essa Senhora impunha respeito até pelo jeito de olhar. E do lado direito do portão estava um Senhor, que usava uma veste que parecia ser uma armadura, também usava uma bonita espada e uma espécie de escudo que ele segurava com uma das mãos; era um Senhor diferente aos meus olhos, mas era muito bonito de se ver. Então nos curvamos diante deles e pedimos licença e permissão para entrar, eles, no mesmo instante, permitiram nossa entrada, pois já sabiam quem nós éramos e o que fomos fazer no campo-santo. Assim que entramos já ouvimos muitos gritos e gemidos que vinham de várias partes e, ao chegar bem próxima de uma cova (túmulo), pude ouvir com muita nitidez os gritos e gemidos de dor vindos de dentro daquela cova. Então, junto com aquela bela Senhora e meus três auxiliares, pude ver através da minha visão, agora em espírito e equilibrada, pois só assim com muito equilíbrio e sem dever nada para a Lei e também com meus mistérios já contidos em mim, foi que pude ver que através da terra e de um caixão, já todo em pedaços devido ao tempo que estava lá enterrado, havia um corpo, já quase todo decomposto pelo tempo, mas o espírito estava lá com aquele corpo quase todo em decomposição e em sofrimento, como se ainda vivesse na carne.

Nesse corpo havia muitas larvas e outros bichos nojentos, andando e se movimentando sobre ele. As dores que ele sentia eram como se ainda fosse humano, pois em razão de seus débitos com a Lei e seu apego material, seu espírito ficou preso na cova com o corpo. Então, aquela bela Senhora se posicionou ao meu lado e disse:

– Agora eu fico na parte da coroa dele, a Senhora nos pés, e seus três auxiliares ficam a nossa volta.

Então ela se posicionou ali naquela cova do lado que ficava a coroa daquele irmão em seu tormento na dor, eu me posicionei nos pés dele, e meus auxiliares a nossa volta. Aquela Senhora estendeu seu lindo xale em cima da cova do lado da coroa dele e eu estendi o meu lindo xale, também em cima da cova, do lado dos pés, e giramos todos para a esquerda ao mesmo tempo.

Foi um único giro, mas tão rápido que, quando terminamos o giro, aquele irmão já tinha sido resgatado de dentro daquela cova, para mais tarde ser curado e encaminhado por nós. Então eu, aquela bela Senhora e meus três auxiliares ficamos todos juntos até que pudemos resgatar todos os espíritos que eram de nossos campos e que ali no campo-santo estavam sobre os ditames da Lei, para ser encaminhados para os nossos domínios a fim de ser socorridos e curados. Foram muitos os espíritos que resgatamos ali no campo-santo e que estavam aprisionados por causa de seus débitos com a Lei.

Caminhamos um pouco e chegamos a um lugar estranho dentro do campo-santo; nesse lugar havia muitos pedaços de vela e alguns objetos, tinha uma parede meio escurecida e também uma cruz enorme em pé; havia muitos espíritos a serem resgatados lá. Eu, aquela bela Senhora e meus três auxiliares chegamos bem próximo da parede daquele estranho lugar e ficamos um do lado do outro, de forma que eu fiquei de um lado, meus auxiliares no meio e aquela bela Senhora do outro lado observando. Ficamos um tempo olhando os vários espíritos que ali estavam para ser regatados por nós e encaminhados para os nossos domínios e lá serem socorridos e curados. Quando estávamos nos posicionando para começarmos o nosso trabalho com aqueles espíritos que ali estavam, grande foi o nosso susto quando surgiu em nossa frente um ser horroroso, cujo rosto mais parecia de um animal selvagem.

Ele tinha um corpo horrível, desfigurado, não vimos de onde ele veio, apenas surgiu em nossa frente. Ele se aproximou um pouco de nós e falou com uma voz estrondosa:

– Vocês já resgataram muitos espíritos por aqui hoje. Esses que aqui se encontram estão aprisionados por mim e deles eu preciso para me alimentar das energias que irradiam, então não deixarei que vocês os resgatem, pois se os resgatarem, socorrerem e curarem, eles passarão a irradiar outro tipo de energia, pois estarão em outra vibração, e isso não me interessa em nada; portanto, vocês não vão resgatá-los, eles pertencem a mim.

Ao terminar de dizer essas palavras ele se aproximou de nós muito rapidamente, com aquela cara que mais parecia com um animal selvagem e aquele corpo desfigurado, onde em uma parte só havia ossos, em outra só pele e em outra só havia carne com sangue, como se estivesse ferido, e de sua boca ele soltava uma gosma de cor preta e a lançava em nossa direção; essa gosma, ao cair no chão, formava enormes buracos. Ele tentava de todas as formas nos atingir com aquela gosma, mas em nenhuma das tentativas ele nos atingiu.

Que ser horroroso nossos olhos em espírito viam naquele momento. Ele se aproximou de nós com uma fúria amedrontadora, mas continuamos parados no mesmo lugar em que estávamos. Foi quando esse ser, já estando bem próximo de nós, estendeu suas duas mãos, com unhas enormes, e tentou pegar no pescoço de um dos meus auxiliares que se posicionava no meio de nossa parede, pois era assim que nós parecíamos: uma parede, eu de um lado, meus auxiliares no meio e aquela Senhora do outro lado. Nossa parede era muito bonita de ser vista. Devo dizer que todas as vezes que precisamos resgatar espíritos que estão aprisionados a algum espírito trevoso e alguém tenta impedir nosso trabalho, é essa a parede que formamos.

Mas, naquele momento, faltavam dois de nós para ser completa nossa parede; devo dizer paredão, pois é realmente um verdadeiro paredão e que é formado por sete, mas os dois que estavam faltando naquele momento ainda estavam sob os ditames da Lei. Por isso quando aquela Senhora voltou ao domínio dela, depois de ter me deixado lá sozinha com aqueles irmãos em seus tormentos na dor, me falou que, antes de eu cair diante da Lei, nós trabalhávamos juntas. Porque todas as vezes em que foi necessário nós formamos nosso paredão, formado por sete, mas que naquele momento estavam faltando dois. Era sempre formado por mim, aquela bela Senhora e meus fiéis auxiliares. Mais adiante, essa bela Senhora dirá seu Sagrado nome. Nosso paredão formado por sete possui mistérios que ser trevoso nenhum é capaz de ultrapassar.

Capítulo VII

De Volta aos seus Domínios

Voltando ao campo-santo, quando aquele ser horroroso tentava pegar no pescoço de um dos meus auxiliares que se posicionava no meio de nosso paredão, em um gesto rápido, como se tivemos combinado, demos as mãos um ao outro de forma que formamos um círculo, e esse círculo se fechava com uma das minhas mãos segurando uma das mãos daquela bela Senhora, e aquele ser horroroso ficou dentro do nosso círculo. Ele não teve tempo nem para pensar, pois rapidamente todos ao mesmo tempo giramos para a esquerda em um giro só, e quando terminamos o rápido giro, aquele ser horroroso que estava dentro do nosso círculo já havia caído no chão e se transformado no tamanho de um pequeno feto.

O nosso giro desse paredão, que no momento preciso se transformava em um círculo, tem mistérios contido nele e que são de poderes inabaláveis, e o nosso giro é tão sincronizado que mais se parece com uma dança. E assim todas as vezes que é necessário formamos nosso paredão e fazemos nosso rápido, poderoso e inabalável giro para a esquerda, e resgatamos todos os que precisam ser resgatados por nós. Então, pegamos aquele ser em forma de um pequeno feto e o colocamos com os outros espíritos que já havíamos resgatado ali no campo-santo, para encaminhá-los para nossos domínios e lá serem socorridos e curados. Permanecemos por mais um tempo, observando tudo e todos os que ali estavam, pois além dos espíritos que resgatamos e dos que ainda ali estavam sob os ditames da Lei, também estavam alguns Senhores e Senhoras muito bem vestidos e com seus objetos em mãos, guardando aquele lugar onde tinha aquela enorme cruz, e quando chegamos nesse lugar, nós os reverenciamos e pedimos licença, pois eles sabiam que, se ali estávamos, era porque tivemos permissão dos Senhores e da Senhora que estavam nos portões do campo-santo. Mas em nenhum momento eles impediram aquele ser horroroso de nos atacar, pois pelos desígnios da Lei éramos nós que tínhamos de resgatar aquele ser e depois socorrê-lo e curá-lo.

Após terminarmos nosso trabalho de resgate ali naquele lugar, onde havia aquela enorme cruz, reverenciamos aqueles Senhores e aquela Senhora que ali estavam guardando aquele lugar, pedimos licença e nos retiramos de mãos dadas e fomos a outros pontos dentro do campo-santo para resgatar muitos outros que ali estavam em seus tormentos na dor e aprisionados por causa de seus erros na carne e apego à matéria e que aguardavam nossa chegada. Após resgatarmos todos os que eram nossos, nos dirigimos aos portões do campo-santo. Chegando aos portões, reverenciamos e saudamos aqueles Senhores e aquela Senhora que ali estavam, pedimos licença para nos retirar e, em um único giro, todos juntos, no mesmo instante, chegamos ao domínio daquela bela Senhora e lá já estavam todos os espíritos que recolhemos e resgatamos no campo-santo, pois dentro dos mistérios contidos em nós, de lá mesmo do campo-santo os encaminhamos para os domínios dela, para depois irem para o meu domínio, mas isso são mistérios dentro de mistérios.

Durante todo esse processo, em que relembrei e reaprendi muito sobre os mistérios contidos em mim, eu ainda não tinha voltado ao meu domínio, pois precisei realizar todo esse trabalho no domínio daquela bela Senhora e também com ela e meus auxiliares ir ao campo-santo resgatar todos os nossos, para só então reassumir meu trono em meu domínio. Todas as vezes que é necessário, formamos nosso paredão. Devo dizer também que todas as vezes que uma Senhora é evocada e clamada no meio humano, ela nunca vai sozinha, e mesmo que ela não seja evocada nem clamada, em razão daquele ser humano não ter conhecimento para tal ato, se ele for merecedor, lá ela estará em seus momentos difíceis para auxiliá-lo, mas como já citei, ela nunca vai sozinha.

Eu, além do meu paredão formado por sete, com um rápido, bonito, poderoso e inabalável giro para a esquerda, tenho também meus grandes companheiros, que todas as vezes que preciso deles, seja em que esfera for, lá eles estão para me auxiliar, e assim eu também ajo todas as vezes que eles precisam do meu auxílio, pois da mesma forma que eles são meus companheiros, eu também sou companheira deles, pois nunca andamos sozinhos, somos grandes Senhores e grandes Senhoras, formamos forças no mesmo polo, à esquerda do Criador de tudo e de todos. Saibam que todas as vezes que evocar e clamar por uma Senhora, um Senhor estará lhe acompanhando e, da mesma forma, se evocar e clamar por um Senhor, uma Senhora estará lhe acompanhando, pois somos também a energia feminina formando forças com a energia masculina em um mesmo polo. E quem acredita e tem fé nessa força e as usa dentro da Lei Divina, protegido e amparado por nós estará, pois somos Senhoras e Senhores, atuamos nas trevas em prol da Luz e da Lei, e um espírito só chega aos nossos domínios nas trevas se infringiu as Leis Divinas, portanto somos aplicadores da Lei e em nossos domínios não chega nenhum inocente, a Lei Divina é justa com todos; aqui, só paga quem deve.

Voltando ao domínio daquela bela Senhora. Já com todos os espíritos que resgatamos no campo-santo, todos ali do domínio dela aguardando para serem socorridos e curados, ela se aproximou de mim e parou bem em minha frente e de meus auxiliares, que sempre se posicionavam ao meu lado; então ela falou:

– Senhora Pombagira Rainha das Encruzilhadas, eu, Senhora Pombagira Rainha das Sete Covas, vos digo que meu respeito pela Senhora é o mesmo de antes de sua queda diante da Lei, e digo-lhe que neste momento já está apta a recolher todos os que aqui estão e levar para seu domínio, para que lá cure-os e encaminhe-os, e eu a acompanharei até lá, para recepcionar sua volta, pois juntas sempre estivemos, estamos e estaremos, pois assim quer o Criador de tudo e de todos.

Muito emocionada eu fiquei com as palavras dela e então falei:

– Respeito tenho eu pela Senhora, grande e poderosa Senhora Pombagira Rainha das Sete Covas; em mim a Senhora confiou seu domínio para que eu relembrasse quem fui antes de minha queda diante da Lei e também para que eu relembrasse dos mistérios contidos em mim e reaprendesse tudo o que minha memória humana havia apagado. Eu vos agradeço por tudo e principalmente por ter zelado pela minha poderosa ferramenta de trabalho, meu lindo xale. Agradeço também pelo zelo que teve por tudo o que a mim pertenceu e pertence.

Então nos abraçamos calorosamente e ficamos assim por um tempo. Devo dizer que todas as vezes que um ser humano nos clama, nos oferenda de forma equilibrada, com fé e respeito, e pede nosso auxílio em prol de si ou de seu semelhante, se é merecedor, recebe nosso auxílio e também nosso abraço caloroso, e quem tem a sensibilidade para sentir, sentirá em seu rosto e em seu corpo um suave calor.

Então, dentro dos mistérios contidos em mim, no mesmo momento fui recolhendo todos os que eram meus e encaminhando-os para o meu domínio, para que me aguardassem lá, para depois serem socorridos, curados e encaminhados por mim, pois eram meus. Meus auxiliares também abraçaram a Senhora Pombagira Rainha da Sete Covas e, como sempre, demos as mãos uns aos outros e, em um piscar de olhos, já estávamos nos portais do meu domínio. E quem primeiramente eu vejo lá do lado de fora, me aguardando? É, eles mesmos, os irmãos cheios de ossos. Fiquei feliz em vê-los e fui me aproximando deles, foi quando soltamos as mãos, eu, a Senhora Pombagira Rainha das Sete Covas e meus auxiliares, e quando eu estava bem próxima dos irmãos cheios de ossos, como sempre eles falaram juntos:

– Seja bem-vinda novamente em seu domínio, Senhora Pombagira Rainha das Encruzilhadas.

Quando terminaram de dizer essas palavras, eles giraram rapidamente para a esquerda e se apresentaram em minha frente com lindas vestes, então transformaram-se em dois belos Senhores. Eles usavam belas e enormes capas nas costas, mas cada capa tinha sua cor. Eles também tinham lindas espadas em punho. São realmente dois belos Senhores, cujos nomes eu não tenho permissão para dizer neste momento, mas digo que são grandes Senhores e grandes companheiros, atuantes nas trevas em prol da Luz e da Lei. Então dei um caloroso e longo abraço em cada um deles, enquanto os portais iam se abrindo para que entrássemos; eles se posicionaram nos portais, um do lado esquerdo e outro do lado direito. Eu entrei na frente, em seguida entrou a Senhora Pombagira Rainha das Sete Covas e depois meus auxiliares. Quando senti que todos já tinham entrado, eu me virei de frente aos portais, para reverenciar os dois belos Senhores que lá estavam posicionados à esquerda e à direita dos portais.

Capítulo VIII

A Falange e o Brilho do Punhal

Foi quando fiquei muito emocionada, ao ver nos portais muitos companheiros e companheiras que faziam, fazem e sempre farão parte da minha falange. Eles reverenciavam os dois Senhores, pediam licença e permissão e entravam portais adentro. Eram muitos deles, e era bonito ver todos eles entrando em meu domínio e se posicionando a minha volta. Em uma voz sonora formada por todos eles e tão sincronizada que mais parecia mesmo uma única voz, de forma que ecoava por todo o domínio, eles diziam:

– Seja bem-vinda, Senhora Pombagira Rainha das Encruzilhadas, pois novamente estamos aqui para trabalharmos juntos, auxiliando a Senhora em tudo o que se fizer necessário.

E quando terminaram de dizer essas palavras, o silêncio se fez presente por um instante; foi quando ouvi uma voz forte e taxativa pedindo licença e permissão aos dois Senhores que estavam nos portais do meu domínio. Grande foi minha emoção quando olhei rapidamente e vi entrando domínio adentro aquele belo Senhor, pois agora equilibrada e com meus mistérios contidos em mim, e também já estando em meu domínio, pude ver o quanto realmente era belo aquele Senhor, aquele por cujo domínio passei em acerto com a Lei. Ele era, é e sempre será aquele belo Senhor de capa nas costas, que possui um gorro que lhe cobre a cabeça e usa uma enorme espada dourada na cintura do lado direto; também tem o colar de pedras azul-escura e preta. Então ele entrou e veio se aproximando de mim e, ao chegar bem próximo, me disse com aquela voz forte e taxativa:

– Vim aqui em seu domínio só por um instante, para vê-la reassumir seu trono em seu domínio e também para lhe trazer minhas energias e vibrações. Em seguida irei me retirar e a aguardo lá em meu domínio, pois como já sabe, lá existem alguns dos seus que precisam ser resgatados pela Senhora, pois são seus e aguardam sua chegada.

Ele terminou de dizer essas palavras, reverenciou-me, pediu licença e sacudiu sua capa, formando um forte vento. No mesmo instante, já tinha se retirado, deixando ali sua forte energia e vibração. Eu, ainda emocionada, fui abraçando um a um dos que ali estavam e faziam parte da minha falange. Devo dizer que um abraço, quando sincero, é um bálsamo para muitas dores, é uma troca de energia tão grandiosa que acalenta o coração e dá serenidade ao espírito.

Após ter abraçado a todos da minha falange, foi a vez de abraçar e agradecer novamente minha grande, poderosa e eterna companheira, a Senhora Rainha das Sete Covas. Foi com muita emoção que a abracei e por muitas vezes agradeci. Então ela me falou:

– Neste momento, daqui do seu domínio eu estou me retirando e deixo também minha energia e vibração. Todas as vezes que for necessário formar nosso paredão, entre a Senhora e seus auxiliares, estarei presente, seja em qualquer esfera, pois fomos, somos e sempre seremos grandes e poderosas Senhoras Pombagiras, atuantes à esquerda do Criador de tudo e de todos, em prol da Luz e da Lei. Ao terminar de pronunciar essas palavras, ela girou rapidamente para a esquerda e, no mesmo instante, já havia se retirado, deixando também sua forte energia e vibração.

Então, já com todos da minha falange ali em meu domínio voltei minha visão para tudo o que ali existia; vi vários objetos que na verdade eram minhas ferramentas de trabalho, pois uma Senhora Pombagira tem muitas ferramentas de trabalho e a todas elas usa, dependendo do trabalho a ser realizado. Também pude ver muitos irmãos ali ainda em seus tormentos na dor, em acertos com a Lei e aguardando minha chegada para serem socorridos, curados e encaminhados para seus graus e degraus. Ainda com minha visão voltada para dentro do meu domínio fui observando cada canto, foi então que notei uma enorme pedra de cristal, muito linda e brilhante.

Fiquei um tempo olhando e admirando a beleza daquela pedra, e assim avistei saindo por trás daquela linda e brilhante pedra um pequeno Senhor, digo pequeno, pois ele tinha rosto e fisionomia de um adulto, mas seu corpo era pequeno como se fosse ainda criança; era belo e muito alegre, pois sorria o tempo todo e dava gargalhadas. Ele veio em minha direção, saltitando, sorrindo e dando muitas gargalhadas, como se estivesse brincando; ele pulava, rodava, cruzava as pernas, era muito diferente o jeito dele. Foram tantas as brincadeiras, que eu acabei dando uma enorme gargalhada também, tão grande que ecoou por todo aquele espaço, e esse espaço não era pequeno. Notei que em suas mãos ele carregava um objeto e, por mais que brincasse, esse objeto não caía de suas mãos, pois ele espalmou as duas mãos para cima e o objeto ficava apoiado nas palmas das mãos dele.

Quando ele se aproximou de mim e chegou bem perto, pude ver o objeto. Mas antes que eu falasse alguma coisa, ele ficou sério e cessou com as brincadeiras, olhou-me nos olhos e falou-me:

– Eis aqui seu mais precioso e poderoso objeto de trabalho, o qual durante todo o tempo que a Senhora esteve ausente eu guardei e protegi de tudo e de todos, para que ninguém o tocasse até o dia de sua volta, então aqui estou e o entrego em suas mãos, pois só à Senhora esse objeto pertence e é seu por direito.

Da mesma forma que ele o trouxe eu o recebi, com as duas mãos espalmadas para cima, de forma que ficasse apoiado sobre a palma de minhas mãos. Firmei minha visão nesse objeto e muito contente fiquei, pois nada mais era do que o meu belo e reluzente punhal. Era realmente belo, um pouco maior que um punhal normal; ele era dourado e brilhava tanto que parecia ser de ouro. No cabo, havia três pequenas pedras, uma de cristal, outra na cor vermelha e a outra na cor preta; essas três pedrinhas brilhavam com a cor dourada do punhal e era realmente muito belo. A partir daquele momento, nunca mais me separei desse meu belo punhal. Então agradeci àquele pequeno, alegre e brincalhão Senhor, mas que naquele momento estava muito sério, pois ele estava trabalhando, estava devolvendo a mim o meu belo e brilhante punhal, do qual ele foi o guardião por todo o tempo em que estive vivendo na carne e também todo o tempo que estive em espírito, em acertos com a Lei.

Portanto, aquele momento era muito especial, tanto para ele quanto para mim. Após agradecê-lo, dei-lhe um forte e caloroso abraço e no mesmo instante ele saiu saltitando, brincando e gargalhando, e se retirou pelo mesmo caminho que veio. Por mistérios dos mistérios, não tenho permissão para falar o nome dele, mas digo que ele é um pequeno, mas grande e poderoso Senhor, que atua à esquerda do Criador de tudo e de todos em prol da Luz e da Lei e, enquanto alguns pensam que ele está brincando, na verdade, em suas brincadeiras, ele está trabalhando em prol dos encarnados, quebrando demandas, anulando magia negra, desamarrando tudo o que está amarrado, descomplicando tudo o que está complicado e trazendo todos os benefícios que ele achar necessário para a vida dos encarnados, desde que sejam merecedores. Portanto, esse pequeno, alegre, brincalhão e poderoso Senhor merece todo nosso amor e respeito.

A partir daquele momento, eu e todos de minha falange começamos um trabalho de cura para todos os irmãos que ali estavam e que já haviam cumprido seus débitos com a Lei. Então, com todos de minha falange a minha volta comecei o grandioso trabalho de cura, pois os irmãos que ali estavam à minha espera já estavam aptos a serem curados e encaminhados para seus graus e degraus, porque já não deviam nada para a Lei. Foi então que se aproximou de mim uma irmã, em seu tormento na dor, mas que ainda tinha forças para gritar e escancarar a boca para pedir perdão ao Criador de tudo e de todos, pelos seus erros na carne. Entre suas pernas jorrava muito sangue e ela se torcia de dores. Ela ficou ajoelhada aos meus pés em meio àquele sangue e dizia em gritos de dor:

— Eu vos clamo, meu Criador de tudo e de todos, e vos peço que me perdoe por todos os meus erros vividos na carne, estou muito arrependida.

Capítulo IX

De Volta aos Domínios de um Grande Senhor

Nesse momento, eu a segurei pelos ombros e a levantei, pois ela mal se sustentava sobre as pernas. Mantive-a em pé em minha frente por um instante e firmei minha visão em sua face; foi quando percebi através daquela fisionomia sofrida um lindo e suave rosto, que era muito conhecido por mim. No mesmo instante, recordei-me de quem era aquele lindo e suave rosto: era de minha amada prima Lenór, de quando vivi na carne. Mesmo em seu tormento na dor ela também soube ali, no mesmo instante, que fui sua amada prima Miliny.

Antes que eu lhe dissesse alguma palavra, ela começou a falar:

— Vou lhe dizer o que houve e por que estou aqui: a partir do dia em que minha amada prima Miliny foi morta daquela forma tão cruel pelo homem por quem era apaixonada e sem nenhum direito de defesa, eu não conseguia me conformar com tal ato e fui me tornando uma mulher muito revoltada com tudo e com todos; deixei de ser aquela mulher dócil, meiga e gentil e me transformei em uma mulher sem nenhum escrúpulo, sem nenhum respeito por ninguém e sem sentimentos. Quase todas as noites, eu deixava meu marido em casa e saía para a vida mundana, atravessava noites nos braços de outros homens e, por várias vezes, tive filhos na barriga, mas a nenhum permiti que nascesse, pois a todos abortei. Usei do meu poder financeiro para fazer muitas coisas ruins, entre elas, montei um prostíbulo, onde eu levava meninas ainda crianças, que pais e irmãos violentavam sexualmente e expulsavam de casa, para serem escravas do sexo de todos aqueles animais selvagens chamados de homens que lá viviam naquela época. E, como sabe, era raro naquela época existir homens dependentes de uma mulher, mas meu marido era uma dessas raridades e dependia de mim, tanto no financeiro como no emocional, e sofria muito com minhas atitudes, pois gostava muito de mim e por essas razões fingia não ver as atrocidades que eu cometia. Em meio a tudo de mundano que eu vivia, acabei esperando um filho de um grande e poderoso senhor da sociedade daquela época. Eu nem ia dizer a ele sobre esse filho que teria, do qual ele seria o pai, mas ele acabou sabendo. Como todas as vezes que fiquei de barriga abortei por livre e espontânea vontade, com esse filho não seria diferente, pois além de não querer nenhuma criança me fazendo perder o sono, eu também não queria perder minha vida mundana, sem contar a beleza do meu corpo, tão desejado pelos homens, que eu perderia se tivesse deixado nascer alguma daquelas crianças. Mas esse grande e poderoso senhor da sociedade daquela época era apaixonado por mim e achou uma grande desfeita de minha parte não querer ser mãe de um filho dele, mas antes que ele me vetasse, abortei esse filho, como fiz com vários outros, e quando ele soube que eu já havia abortado a criança, não aceitou minha decisão e ficou muito revoltado. E deixando sua ira tomar conta do seu ser, com a ajuda de seus capangas me colocou em um barco e me atirou em alto-mar ainda com vida, então, em meio a imensidão de água, meu corpo lá deixei e fiz minha passagem. Desde que desse lado da vida cheguei, já passei por vários domínios em acerto com a Lei; muito sofri em meus tormentos na dor e agora aqui estou clamando ao Criador de tudo e de todos e pedindo perdão por todas as atrocidades que cometi quando vivi na carne, e para a Senhora eu peço que, com seus poderes, e dentro dos seus mistérios, me cure, me livre desse tormento que neste momento ainda vivo, pois sei que é a grande, poderosa e linda Senhora Pombagira Rainha das Encruzilhadas.

Terminando essas palavras, ela se calou. Então, eu a observei por mais alguns instantes e, com meu lindo xale e meu reluzente punhal em mãos, realizei mais esse importante trabalho de cura. Já curada de suas dores e de seus tormentos, em espírito, ela se curvou diante de mim e me agradeceu, então nos abraçamos carinhosa e calorosamente. Tudo que tive permissão para falar dessa mulher de lindo e suave rosto termina aqui; apenas digo que hoje ela é uma grande e poderosa Senhora e tem seu domínio à esquerda do Criador de tudo e de todos, é atuante na treva em prol da Luz e da Lei, mas em determinado tempo ela terá permissão para contar sua triste, sofrida e emocionante história de vida na carne e em espírito, e trazer para o meio humano.

Grande foi meu trabalho de cura ali, pois muitos daqueles irmãos se arrastavam aos meus pés, rogando perdão ao Criador de tudo e de todos pelos seus erros na carne e pedindo a mim que os curassem, e a nenhum eu neguei socorro e cura. Todos os que já haviam cumprido seus débitos com a Lei foram curados e encaminhados para seus graus e degraus, tudo sob os ditames da Lei e com a permissão do Criador de tudo e de todos. Após ter realizado ali todo o trabalho necessário naquele momento, voltei minha visão de forma geral por todo aquele espaço e pude ver que tudo estava em ordem, apenas ainda continuavam em seus tormentos na dor aqueles que ainda estavam em débitos com a Lei e que ainda estavam nas trevas de suas ignorâncias, pois só quando se arrepende profundamente do mal que se fez na carne e se pede perdão ao Criador de tudo e de todos, e não deve mais nada para a Lei, é que um espírito está apto a ser socorrido e curado de seus tormentos pelo Senhor ou pela Senhora em cujo domínio ele esteja, assim nós agimos neste lado da vida, à esquerda do Criador de tudo e de todos, pois assim age a Lei Divina.

Então percebi que era chegada a hora de voltar aos domínios daquele belo Senhor de capa com gorro, que lhe cobria a cabeça e que usava um colar de pedras azul-escura e preta, que possuía também uma enorme espada dourada na cintura do lado direito. Pois, como ele mesmo havia me dito, eu já sabia que lá estavam a minha espera alguns dos meus para serem socorridos e curados por mim. E foi com meus auxiliares e alguns da minha falange, digo alguns, pois os demais ficariam em meu domínio zelando por ele e pelos irmãos que ali estavam ainda em acertos com a Lei. Em um gesto rápido, retirei meu lindo xale das costas e o sacudi e girei para a esquerda, assim como giraram os meus auxiliares e os da minha falange; como um relâmpago, já estávamos no portal dos domínios daquele belo Senhor.

Saudamos os Senhores e as Senhoras que estavam ali guardando aquele portal, pois havia mais de um Senhor e mais de uma Senhora posicionados nele, e pedimos licença e permissão a eles e fomos adentrando, eu e meu povo, pois meus auxiliares e minha falange também são chamados de meu povo. Havia um espaço bastante grande entre o portal e o interior daquele domínio e nesse espaço havia vários objetos, entre eles várias pedras de diversas cores e tamanhos, eram muito belos esses objetos, objetos esses que eu não havia visto quando estive lá pela primeira vez em acerto com a Lei, mas que na verdade lá já estavam, mas por mistérios dos mistérios não tive permissão para vê-los.

Fui me aproximando do interior, então avistei aquele belo Senhor vindo em minha direção; foi uma bonita visão, e quando ele chegou bem perto de mim, olhou firmemente em meus olhos como não havia feito em nenhum dos nossos dois últimos encontros. Então ele falou com sua voz firme e taxativa: Bem-vinda em meus domínios, Senhora Pombagira Rainha das Encruzilhadas! Assim eu um dia disse que a chamaria, quando aqui voltasse para buscar os seus, então assim a chamo e lhe demonstro meus respeitos, reverenciando-a e saudando as vossas forças. Aqui em meus domínios, dou-lhe permissão para entrar e recolher os seus.

Eu também o reverenciei e saudei suas forças, e fui entrando à procura dos meus que ali estavam em seus tormentos na dor em acerto com a Lei. Parei em meio a um grupo deles, ouvindo muitos gritos e gemidos de dor. Foi quando, usando um dos mistérios contidos em mim, coloquei minhas duas mãos em meus ouvidos e, por alguns instantes, só ouvi a voz da minha mente. Quando tirei as mãos dos ouvidos, já estavam ali caídos aos meus pés três espíritos, três irmãos que eram meus e de minha responsabilidade, mas que até aquele momento estavam sob a guarda daquele Senhor, ali em seus domínios em acerto com a Lei.

Aqueles três irmãos ali aos meus pés gritavam e gemiam, todos ao mesmo tempo, então, em um gesto rápido e usando mais um dos vários mistérios contidos em mim, eu os encaminhei para meu domínio, para serem curados lá. Por mistérios dentro de mistérios, existem momentos em que um Senhor ou uma Senhora vão até certo domínio para resgatar os seus que lá estão sob os ditames da Lei. Algumas vezes esses irmãos são curados lá mesmo onde estão e outras vezes são encaminhados para o domínio daquele Senhor ou daquela Senhora que foi socorrê-los. Esse é apenas um dos incontáveis mistérios da Lei.

Após tê-los recolhidos e encaminhados para meu domínio aqueles que eram meus e de minha responsabilidade, aproximei-me daquele Senhor, para agradecer e também para me despedir, pois um trabalho árduo de cura eu teria de realizar em meu domínio, pois aqueles três irmãos que para lá encaminhei para serem curados não eram nada comuns para mim, eles tiveram grande participação da minha vida na carne na minha última reencarnação. Cheguei bem perto daquele Senhor, curvei-me diante dele e o reverenciei, e por muitas vezes agradeci, pois aquele belo Senhor de capa nas costas, com gorro que lhe cobria a cabeça, que também usava um colar de pedras azul-escura e preta e sua enorme espada dourada na cintura do lado direto, foi, é e sempre será um dos grandes Senhores guardiões de um dos incontáveis mistérios da Lei, à esquerda do Criador de tudo e de todos.

Antes de me retirar, ele me segurou fortemente pelas mãos e falou com sua voz forte e taxativa:

– Poderosa e bela Senhora Pombagira Rainha das Encruzilhadas, todas as vezes que se fizer necessário, use um dos muitos mistérios contidos em vós e me chame, que lá eu estarei para ajudá-la nos grandiosos trabalhos que a Senhora realiza em meio aos encarnados e desencarnados, e da mesma forma eu também agirei, sempre que eu precisar da vossa ajuda para realizar os grandes e árduos trabalhos que cabem a mim aqui neste lado escuro da criação, onde a Lei é justa com todos. Usarei um dos muitos mistérios contidos em mim e a chamarei, pois juntos estivemos, estamos e estaremos, sempre que necessário for.

Então nos abraçamos calorosamente. Retirei meu belo xale das costas e, em um gesto rápido, girei para a esquerda, e, em um piscar de olhos, eu já estava nos portais do meu domínio. Então, reverenciei e pedi licença aos Senhores guardiões dos meus portais, pois cada domínio tem seu portal, ou portais, que pertencem aos Senhores ou às Senhoras daqueles domínios, e mesmo estando nos portais que a mim pertencem, reverencio e peço licença aos Senhores guardiões, pois neste lado da vida respeitamos muito uns aos outros.

Capítulo X

Curando os Afins

Entrei e parei no interior do meu domínio. Voltei minha visão para tudo a minha volta e observei tudo e todos que lá estavam. Era um espaço bastante grande e com vários objetos, entre eles, aquela linda e grande pedra de cristal que espalhava seu brilho por todo aquele espaço. Um pouco adiante de mim estavam os irmãos, ainda em seus tormentos na dor e em acertos com a Lei. Um pouco mais próximo a mim estavam aqueles três irmãos que eu havia resgatado no domínio daquele grande e poderoso Senhor, guardião de um dos incontáveis mistérios da Lei. Dois deles ficaram ali parados entre gritos e gemidos, em seus tormentos na dor, aguardando serem socorridos e curados por mim perante a Lei; o outro deles veio se aproximando de mim e, quando chegou bem perto, se atirou aos meus pés clamando ao Criador de tudo e de todos, pedindo perdão pelos seus erros na carne e suplicando a cura de suas dores.

Esse irmão tinha uma aparência horrível, seu corpo parecia estar em decomposição. Somente através da minha visão e de um dos muitos mistérios contidos em mim foi que pude ver quem realmente era e quem ele foi na minha vida na carne, em minha última reencarnação, e que naquele momento estava aos meus pés, entre gritos e gemidos, suplicando a cura. Ele clamava ao Criador de tudo e de todos e dizia:

– Perdoe-me, eu estou profundamente arrependido de todo o mal que fiz ao meu semelhante quando vivi na carne; me perdoe por todos os crimes que cometi, por ter mandado degolar tantos irmãos por pura ambição, por ter mandado matar e ainda ficar assistindo à morte daquela linda jovem, apenas por ter me negado seu amor, pois se ela não quis ser minha, também não seria de outro. Cometi esse ato por puro egoísmo e ignorância, me perdoe, Criador de tudo e de todos.

Eu o segurei pelos ombros, ergui em minha frente aquele corpo horroroso e ele começou falar:

– A Senhora sabe que quando vivemos na carne, nessa nossa última reencarnação, quando nos conhecemos, a Senhora vivia a linda Miliny; ainda era uma menina e eu já estava em uma idade bastante avançada. Eu era Kavian, então nos casamos. Quando nos conhecemos, eu já tinha cometido todos os meus crimes e, quando conheci Miliny, me apaixonei, procurei ser bom para ela, primeiro porque a amava muito e também para que ela nunca soubesse do meu passado negro. Então, a partir do momento em que Miliny colocou a essência daquela erva mortal em minha taça de vinho, meu corpo lá deixei e fiz minha passagem, e aqui neste lado estou cumprindo meus débitos com a Lei. Agora, com vossa chegada e eu já tendo cumprido meus débitos com a Lei, eu vos peço e suplico, grande e poderosa Senhora Pombagira Rainha das Encruzilhadas, que me cure e me livre desse tormento.

Eu retirei rapidamente meu lindo xale das costas e o cobri, passei minhas mãos lentamente sobre aquele horroroso corpo ali coberto com meu lindo xale e, quando terminei de passar minhas mãos por todo aquele corpo, em um gesto rápido, puxei com a mão esquerda meu lindo xale que o cobria; foi quando pude ver aquele corpo em espírito totalmente curado! Grande emoção eu senti, pois era mais um trabalho de cura realizado ali em meu domínio! Ele deixou cair um par de lágrimas, eu o abracei calorosamente com amor, amor esse que nunca tive por ele em nossa vida na carne. Depois de curado e equilibrado, eu o encaminhei para seu grau e degrau, o qual o Criador de tudo e de todos designou a ele.

Ainda ali parada observando tudo e todos a minha volta, pude ver se aproximar de mim o segundo daqueles três irmãos que aguardavam ser curados. Esse irmão chegou até mim se rastejando, mais se parecia com uma serpente, só o rosto tinha uma aparência um pouco de humano e estava bastante deformado. Fiquei observando ele vir em minha direção; ele se apoiava em um enorme rabo de serpente que fazia parte do seu corpo; eu já sabia de quem se tratava e quem foi ele em minha vida na carne, em minha última reencarnação. Ele urrava de dor e, cada urro que dava, de sua horrorosa boca saíam pedaços de seus órgãos internos, como se ele ainda fosse humano. Ele clamava ao Criador de tudo e de todos e pedia perdão:

– Perdoe-me, estou arrependido do fundo do meu ser, por ter errado tanto, por ter maltratado tanto minha esposa, por tê-la amarrado tantas vezes e violentá-la e por ter violentado tantas mulheres, ainda meninas; me perdoe, principalmente por ter maltratado tanto minha filha e tê-la violentado daquela forma tão cruel, quando, na verdade, eu tinha de lhe ter dado segurança, carinho amor e confiança, coisas que um pai deve dar a uma filha, mas eu só a fiz sofrer, tirei-lhe a vontade de viver com tantos maus-tratos e violência. Eu lhe feri a alma, sei que de todos os meus erros na carne, esse foi o pior; minha filha era apenas uma criança, uma menina indefesa, e era minha filha. Perdoe-me, Criador de tudo e de todos, por ter feito minha esposa e filha sofrerem tanto e tantas outras mulheres, só pelo desejo de vê-las sofrendo. Perdoe-me e me tira dessa escuridão, pois o Senhor sabe, meu Criador, que eu nada vejo desde que deixei meu corpo na carne, mas também sei que o Senhor, meu Criador, não me deixou ver nada aqui neste lado da vida, para meu próprio bem, pois o Senhor, meu Criador, é justo com todos.

Então ele se calou por um instante; eu apenas ouvia seu gemido de dor, ali estendido sob meus pés. Eu, mais uma vez, retirei meu lindo xale das costas e rapidamente coloquei sobre ele, de forma que cobria por inteiro seu horroroso corpo. Finquei meu lindo, dourado e brilhante punhal na direção de sua coroa e circulei por sete vezes, como se estivesse dançando. Ao terminar o sétimo círculo, arranquei rapidamente o punhal com a mão esquerda e, com a mesma, puxei meu lindo xale e, com as duas mãos, segurei-o contra meu peito. Voltei minha visão para aquele horroroso corpo, mas o que vi foi um corpo em espírito, já curado, mas ainda ali sob meus pés.

Coloquei novamente meu lindo xale sobre minhas costas, e meu lindo, dourado e brilhante punhal pus entre meus seios, de forma que somente o cabo aparecia. Aquele irmão ainda não tinha a consciência de que estava totalmente curado de seus tormentos e que seu corpo em espírito estava refeito. Então, estendi minhas mãos espalmadas em direção ao seu corpo e, usando mais um dos muitos mistérios contidos em mim, eu o coloquei em pé, ali em minha frente. Ele firmou seus pés sobre o chão e observou seu corpo por inteiro, vendo-o totalmente curado. Eu o puxei em direção ao meu corpo e dei-lhe um longo e caloroso abraço, o qual ele nunca me permitiu dar nem receber dele quando vivemos na carne como pai e filha. Ele então me agradeceu dizendo:

— Eu vos agradeço, grande e poderosa Senhora Pombagira Rainha das Encruzilhadas, e vos digo: sempre que vós precisares de mim, me chame, que presente eu estarei, pois por muitas vidas estivemos juntos na carne e no espírito, e se aqui estou neste momento e pela Senhora fui curado, é porque o Criador de tudo e de todos assim quis, pois Ele tudo sabe e tudo vê.

Enquanto dizia essas palavras, nós ainda estávamos calorosamente abraçados. Eu recuei um pouco e coloquei minhas duas mãos sobre seu chacra cardíaco e sobre um dos incontáveis mistérios da Lei; eu o encaminhei para seu grau e degrau, pois hoje ele é um fiel auxiliar de um grande Senhor servidor da Lei nas trevas.

Continuei ali em meu domínio, com minha visão voltada para o interior dele; foi quando percebi que o terceiro dos três irmãos, que ali estavam esperando para serem socorridos e curados, não conseguia chegar até mim, pois em razão do seu tormento na dor não tinha forças para se levantar. Então me aproximei dele; foi quando ouvi o som bem fraco de sua voz, clamando ao Criador de tudo e de todos por perdão. Parada ali em sua frente eu fiquei, enquanto ele estendido sobre o chão estava, sem forças para se levantar. Com o som da voz bastante fraca, ele dizia:

— Perdoe-me, Criador de tudo e todos, por todo mal que causei aos meus semelhantes enquanto vivi na carne; perdoe-me por ter ceifado com a vida de tantos irmãos a mando de patrões, pois, apesar de eles ordenarem as mortes, o Senhor sabe que era eu quem executava as ordens e cortava os pescoços daqueles inocentes somente para tomar os seus bens para os mandantes desses absurdos. Muitas vezes matei a mando de outros, apenas por dinheiro, para sustentar meu luxo, fiz crueldades absurdas com meus irmãos. Perdoe -me, principalmente por usar o amor de forma desordenada, desequilibrada e levando a mulher que eu amava à morte e também causando minha própria morte, pois o amor que sentia por ela era desordenado, egoísta, possessivo e desequilibrado, por isso usei de artimanhas para tê-la só para mim. Por causa dessa artimanha, maldade e mentira, eu levei minha amada à morte e consequentemente trouxe a minha própria morte. Perdoe-me por todos os meus erros, meu Criador de tudo e de todos. E à Senhora que aqui está posicionada ao meu lado, eu vos peço que me livre desse tormento, dessa dor; me socorra, me cure, me levante.

Eu ouvia tudo isso, ali parada do lado dele, olhando-o estendido sobre o chão, sem forças para se levantar, pois seu corpo parecia não ter ossos, era só de pele; tinha a forma de um corpo humano, mas não tinha ossos, e a pele era de cor escurecida, como se tivesse sido espancado. Para curar esse irmão, usei apenas minhas mãos, e as vibrações que saíam delas são um dos muitos mistérios em mim contidos. Espalmei minhas duas mãos para baixo sobre seu corpo sem ossos e comecei a irradiá-lo pela coroa, chegando até seus pés. Fui irradiando vagarosamente e fazendo círculos para a esquerda com as duas mãos juntas e espalmadas sobre o corpo dele, começando sempre pela coroa e chegando até os pés por sete vezes.

No fim da sétima vez que irradiei, já pude ver seu corpo totalmente curado e recomposto; então me curvei, peguei-o pelos ombros, levantei-o e o posicionei ali em minha frente. Ali posicionado em minha frente, olhou-me firmemente nos olhos e, sem dizer nada, no mesmo instante caiu de joelhos aos meus pés, cruzou suas mãos sobre o seu peito e curvou-se, dizendo:

— Eu vos agradeço, grande e poderosa Senhora Rainha das Encruzilhadas, por ter me socorrido, me curado e me livrado do tormento na dor.

Eu novamente o peguei pelos ombros e o levantei; ele mais uma vez olhou-me nos olhos e falou:

– Talvez um dia os humanos evoluam e aprendam a lidar com o amor entre homens e mulheres de forma diferente da que acreditei que fosse quando vivi na carne, pois hoje sei que o amor é o mais belo dos sentimentos.

Eu já sabia, desde que encaminhei esse irmão para meu domínio, que ele foi Lusion em sua última reencarnação. Nós nos olhamos por alguns instantes e nos abraçamos, demorada e calorosamente, e então já curado e regenerado, eu o encaminhei para sua posição de origem em outro domínio à esquerda do Criador de tudo e de todos, onde ele já estava apto a reassumir seu posto ao lado de uma grande e poderosa Senhora atuante nas trevas em prol da Luz e da Lei.

Capítulo XI

A Visão Através da Pedra e o Grandioso e Emocionante Trabalho de Cura

Observei tudo novamente ali no interior do meu domínio; estavam ali, além de vários objetos, que na verdade são minhas ferramentas de trabalho, também os irmãos em acertos com a Lei, mas que ainda não estavam aptos a serem curados, pois ainda tinham débitos com a Lei. Também estava todo o meu povo (minha falange). Olhei firmemente para aquela linda e brilhante pedra de cristal e me aproximei dela, coloquei minha mão esquerda sobre ela e senti vibrações fortíssimas, que começavam em minha mão e percorriam todo o meu corpo. Fiquei um tempo ali, com minha mão esquerda sobre aquela linda e brilhante pedra de cristal, sentindo aquela forte vibração; foi quando percebi que minha visão estava alcançando o interior da pedra e pude ver através do interior dela vários domínios existentes nas trevas e tudo e todos que havia no interior desses domínios.

Mas, como digo, enxerguei vários domínios apenas e não todos os que existem nas trevas. Somente enxerguei aqueles domínios cujos Senhores e Senhoras regentes me permitiram enxergar, pois aqui neste lado da vida e do lado esquerdo do Criador de tudo e de todos nós nos respeitamos muito e agimos sempre dentro da Lei. Se precisarmos entrar nos domínios uns dos outros para realizar algum trabalho dentro de algum mistério, é sempre reverenciando, pedindo licença e permissão; e se naquele momento eu enxergava aqueles domínios e seus interiores, é porque os mistérios da Lei são incontáveis e dentro de um deles eu tive permissão para enxergá-los.

Continuei ali com minha mão esquerda sobre aquela linda e brilhante pedra de cristal e observando através do seu interior aqueles domínios e seus interiores; foi quando pude ver que em um daqueles domínios regido por um grande Senhor aplicador da Lei, havia um irmão agonizando em seu tormento na dor e me aguardando para ser resgatado, socorrido e curado, pois já estava apto a esse ato que seria realizado por mim, pois era um dos meus. Retirei minha mão esquerda da linda e brilhante pedra de cristal e fechei aquele portal, que havia sido aberto para mim, e que só a mim pertencia, pertence e pertencerá, pois muitas vezes me utilizo desse mistério e desse portal no interior dessa linda e brilhante pedra de cristal para auxiliar muitos dos meus que estão perdidos nas trevas, e também para auxiliar muitos no meio humano que são merecedores do meu auxílio.

Eu já sabia qual era o domínio e qual era o mistério que usaria para lá chegar; também sabia quem era o irmão que me aguardava para ser resgatado, socorrido e curado. Seria um grandioso trabalho de cura e também cheio de emoções, pois aquele irmão que me aguardava em seu tormento na dor lá no domínio daquele grande Senhor aplicador da Lei foi na carne, é em espírito e sempre será muito especial para mim.

Então caminhei até os portais do meu domínio, virei-me de frente para o interior dele e olhei firmemente; percebi que tudo ali estava conforme os ditames da Lei, e que já era hora de partir para o domínio daquele grande Senhor aplicador da Lei e resgatar, socorrer e curar aquele irmão que me aguardava, ainda em seu tormento na dor. Então, pedindo licença aos Guardiões dos meus portais, abri os meus braços, com as mãos abertas em riste, girei rapidamente para a esquerda e dali me retirei, e como um relâmpago eu já estava nos portais do domínio daquele grande Senhor aplicador da Lei. Lá chegando, saudei, reverenciei e pedi licença aos Senhores e às Senhoras, Guardiões e Guardiãs daqueles portais, que estavam posicionados do lado de fora. Eles me concederam a permissão para entrar, e em seguida abriram os portais para que eu entrasse. Fui entrando vagarosamente e observando tudo e todos que ali estavam, e quando cheguei no interior do domínio, deparei com um belo, alto e elegante Senhor; então me aproximei dele, reverenciei, saudei e pedi licença e permissão para permanecer em seu domínio enquanto fosse necessário. Ele me deu a permissão e em seguida soltou uma enorme e estrondosa gargalhada que ecoou por todo aquele domínio.

Fixei minha visão em tudo e todos por ali, e pude ver entre muitos objetos uma quantidade enorme de irmãos em seus tormentos na dor, sob as penas da Lei. Continuei observando tudo, foi quando notei entre aquela quantidade enorme de irmãos em seus tormentos na dor aquele irmão que eu estava ali para resgatar, socorrer e curar. Mas, por mistérios dos mistérios, esse irmão não seria curado ali naquele domínio no qual ele estava em acertos com a Lei e aguardando minha chegada. Esse irmão seria resgatado por mim e levado ao meu domínio, para ser socorrido e curado. Por causa de seu tormento na dor e por estar se agonizando, ele não tinha forças para chegar até mim, que estava a uma pequena distância dele então dali mesmo de onde eu estava, usei um dos muitos mistérios em mim contidos e o encaminhei para meu domínio.

Após ter encaminhado aquele irmão para meu domínio, eu me aproximei daquele belo alto e elegante Senhor, novamente o reverenciei e agradeci por ter acolhido um dos meus sob os ditames da Lei ali em seus domínios; pedi licença e permissão para me retirar. Ele não só me deu a permissão para me retirar, como novamente deu sua enorme e estrondosa gargalhada, que mais uma vez ecoou por todo o seu domínio. Em seguida, segurou-me pelas mãos e puxou-me contra seu enorme peito e nos abraçamos calorosamente. Após esse caloroso abraço, caminhei até os portais daquele domínio, novamente reverenciei os Senhores e as Senhoras Guardiões e Guardiãs daqueles portais, pedi licença e permissão para dali me retirar. Mais uma vez abri meus braços com as mãos abertas em riste e girei rapidamente para a esquerda, e novamente como um relâmpago, eu já estava nos portais do meu domínio.

Pedi licença aos Guardiões dos meus portais e adentrei, e mais uma vez fixei minha visão para o interior de todo aquele espaço; então pude ver aquele irmão que ali estava me aguardando para ser curado e também perceber que lhe faltavam as duas pernas dos joelhos para baixo e os dois braços do cotovelo para baixo, e em seu rosto havia uma expressão horrível: em vez de olhos, havia apenas os buracos dos olhos e esses buracos vertiam sangue; era realmente uma visão horrível. Ele já estava atingindo a demência em seu tormento na dor. Aproximei-me dele e cheguei bem perto, mas ele nada pôde dizer, pois forças não tinha para isso; então curvei minha cabeça e fixei minha visão naquele horroroso corpo. E mais uma vez, depois de muito tempo, pude ver novamente tudo o que vivi na carne em minha última reencarnação, e mesmo com todo o meu conhecimento e equilíbrio me caiu dos olhos um par de lágrimas; não eram lágrimas de tristeza nem de alegria, mas era por saber como o ser humano muitas vezes é desumano, egoísta, cruel e ignorante, pois tudo que vivi na carne nessa minha última reencarnação poderia ter sido diferente se eu tivesse agido de forma diferente, enquanto vivi Miliny na carne, pois se o Criador de tudo e todos mostrou-me tantos obstáculos, também deu-me meios para sair deles.

Se fui desprezada, maltratada quando criança pelo meu pai, tive meu tio Silvério, que me acolheu, me amparou e a seu modo também me amou. Se fui violentada pelo meu próprio pai, tive um homem que me aceitou, me amou, casou-se comigo, me deu seu nome e uma situação financeira muito boa e, apesar de sua idade avançada, tudo o que ele me ofereceu era muito mais do que naquele momento eu necessitava para seguir em frente sem ódio no coração. Também eu não precisava ter manchado minha alma ceifando a vida desse homem que me aceitou, me acolheu, me amou e casou-se comigo, pois ele teria morte natural em breve, por causa da sua idade avançada e da doença que já estava se agravando e, depois dessa morte natural dele, eu me tornaria uma viúva respeitada e de grandes negócios na região e mais tarde encontraria San, já também viúvo, pois sua esposa sempre fora uma mulher adoentada, e então eu e San viveríamos nossa grande paixão e criaríamos muito bem os dois filhos dele e viveríamos felizes. Sem dizer também que eu ajudaria muitos irmãos ali naquela região, com o grande conhecimento com as ervas que obtive com dona Preta, pois tudo que ela me ensinou sobre as ervas e os mistérios da Natureza era para ajudar, curar e fazer bom uso daquele grande conhecimento que obtive, mas usei apenas uma das ervas que conheci e de forma negativa, pois me utilizei da erva mais venenosa que havia por lá.

Mas o pior veneno, na verdade, estava mesmo no meu coração, nos meus pensamentos e em minhas atitudes. Tive muitos obstáculos e embaraços nessa minha última caminhada terrena na carne, mas tive também em mãos solução para todos eles, mas não olhei, não vi, não senti, pois o único sentimento que me movia era o ódio. O Criador de tudo e de todos é generoso com todos seus filhos, pois se lhes dá obstáculos, embaraços e problemas, é para sua provação e evolução, mas Ele também lhe dá a solução para tudo, basta que você olhe, veja, sinta e principalmente tenha fé e amor no coração.

Voltando ao horroroso corpo daquele irmão... Ao cair aquele par de lágrimas dos meus olhos, as lágrimas rolaram diretamente sobre o corpo dele, atingindo seu chacra cardíaco. Fui observando aquele par de lágrimas e vendo-o se transformar rapidamente em duas pequenas gotas, que mais se pareciam com duas pequenas gotas de cristais, e iam se movimentando e circulando por todo aquele corpo. Fiquei um tempo ali observando aquele bonito processo de cura; foi quando pude ver vagarosamente suas duas pernas, seus dois braços e seus dois olhos voltando aos seus lugares no corpo daquele irmão e, por mistérios dos mistérios, após um tempo seu corpo em espírito já estava perfeito. Sobre aquele corpo, já com seus órgãos nos lugares, pude ver aquele par de lágrimas, que estavam transformadas em duas pequenas gotas, desfazendo-se e sendo absorvidas ali mesmo; foi realmente um processo de cura muito belo.

Ele continuou ali sob meus pés, sem nada dizer, pois ainda estava um tanto inconsciente. Usei um dos muitos mistérios em mim contidos e, em um gesto rápido, coloquei ele sobre a minha linda e brilhante pedra de cristal, com ele ali sobre a pedra, retirei meu lindo xale das costas e cobri seu corpo por inteiro, e assim ele permaneceu por sete minutos. Após esse período, retirei em um gesto rápido meu lindo xale do corpo dele e o coloquei novamente sobre minhas costas.

Ele continuou ali deitado sobre a pedra sem nada dizer, então eu o segurei pelos ombros e o coloquei em pé em minha frente, com sua consciência já um tanto equilibrada. Ele já sabia quem fui em sua vida na carne em sua última reencarnação e quem eu sou. Então ele olhou fixamente nos olhos e disse:

– Eu vos agradeço, grande e poderosa Senhora Pombagira Rainha das Encruzilhadas, que atua na treva em prol da Luz e da Lei, resgatando, socorrendo e curando todos os necessitados que são merecedores.

Eu também olhei fixamente em seus olhos e lhe falei:

– Como sabes, ainda não terminamos aqui o processo de sua cura, pois em alguns instantes partiremos para outro domínio, pois, por mistérios dos mistérios, terminarei de curá-lo nesse domínio para o qual iremos agora.

Então segurei as duas mãos dele e, em um piscar de olhos, já estávamos em meio as areias do mar sagrado ouvindo o som de suas ondas. Ainda segurando as mãos dele, nos aproximamos do sagrado mar e, ao encostar nossos pés sobre as águas, nos curvamos, reverenciamos, saudamos, pedimos licença e permissão para todo o povo daquele sagrado domínio. Foi então que rapidamente se posicionaram a nossa volta vários Senhores e Senhoras regentes e Guardiões daquele sagrado domínio. Firmei minha visão naquela imensidão de água, foi quando pude ver em meio ao mar sagrado a Senhora mais linda que meus olhos poderiam ver. Como se ela estivesse em pé em meio as ondas naquela imensidão de água, abriu seus braços e deu permissão para entrarmos em seu belo, imenso e poderoso domínio. Com a permissão daquela linda Senhora, Rainha do mar sagrado, e também com a permissão de todos os Senhores e as Senhoras que estavam ali a nossa volta, pudemos seguir mar adentro, para que eu pudesse terminar o processo de cura daquele amado irmão. Eu, sempre segurando as mãos dele, entrei no mar, e fomos levados por uma enorme onda, que parecia ter vindo até as areias para nos buscar ali na beira daquela imensidão de água. Fomos levados por aquela enorme onda, até uma grande distância das areias, e quando chegamos a um certo ponto, fomos puxados com a força das águas para as profundezas do mar sagrado. Chegando bem no fundo do mar nos deparamos com um belo lugar; lá havia muitos elementos da Natureza, muitas pedras de várias cores, que pareciam ter sido pintadas a mão. Em meio a esse lindo lugar e entre essas muitas pedras de várias cores e os vários elementos da Natureza, pude ver uma bela e grande pedra de cor azul-clara e quando a água batia forte sobre ela, espalhavam-se por todo aquele belo lugar pequenos raios azuis, era mesmo uma bela visão. Nós nos aproximamos dessa pedra e sobre ela coloquei aquele amado irmão deitado, pois ali naquela bela e grande pedra azul-clara ele ficaria por sete horas, para assim seu espírito ser purificado e, finalmente, curado com as forças de todos os elementos ali contidos e principalmente com as forças das águas do mar sagrado.

    Permaneci ao lado daquele amado irmão até que terminasse o tempo de sete horas para o processo de purificação e cura. Devo dizer que o tempo nesse lado da vida não é contado como o tempo dos humanos. Após terminar esse processo, subimos para a superfície das águas e, ao chegarmos lá, novamente veio uma enorme onda e nos levou até as areias, onde estavam posicionados todos aqueles Senhores e aquelas Senhoras, regentes, Guardiões e Guardiãs daquele imenso e poderoso domínio, o mar sagrado.

    Já com os pés sobre as areias, voltei novamente minha visão para dentro daquela imensidão de água e pude ver aquela linda e poderosa Senhora Rainha do mar sagrado, que mais uma vez lá estava em meio a imensidão de água, como se estivesse em pé. Devo dizer também que, sempre que preciso voltar a esse sagrado, imenso e poderoso domínio para realizar algum trabalho que me é cabido, deparo-me com essa bela visão, o que para mim é sempre uma honra. Então, ali com os pés sobre as areias, eu e aquele amado irmão, já curado e equilibrado, paramos um em frente ao outro e nos olhamos fixamente, nos abraçamos longa e calorosamente, pois dali eu voltaria para meu domínio, mas ele ali ficaria, porque aquele amado irmão que ali estava, já curado, equilibrado, apto a reassumir seu domínio, grau e degrau, e que vivemos juntos em nossa última reencarnação um romance marcado pela tragédia, ele foi, é e sempre será um grande, respeitado e poderoso Senhor, atuante à esquerda do Criador de tudo e de todos em prol da Luz e da Lei, nos campos e sentidos da vida, com seu domínio em meio as águas do mar sagrado, pois assim designou o Criador de tudo e de todos.

Esse amado irmão é um grande companheiro meu, pois por muitas vezes unimos nossas forças para realizar trabalhos em meio à escuridão das trevas e, por todas as vezes que encarnamos, nós estivemos juntos de alguma forma, pois por mistérios dos mistérios estivemos, estamos e sempre estaremos juntos, pois o amor desse lado da vida não se compara ao amor dos humanos. Mas, um dia, esse amado irmão terá permissão para contar sua história de vida na carne e em espírito, e dizer como caiu diante da Lei e também trazer para o meio humano seus conhecimentos e ensinamentos. Retirei meu lindo xale das costas, segurei nas duas pontas abrindo-o e sacudindo-o por três vezes, girei rapidamente para a esquerda e em alguns instantes eu já estava novamente nos portais do meu domínio. Reverenciei os Senhores que ali estavam guardando meus portais do lado de fora, pedi licença e segui domínio adentro; voltei minha visão para tudo e todos que lá estavam e pude perceber que muito trabalho eu teria para realizar ali, além do auxílio que eu daria a muitos irmãos que ainda viviam na carne e eram merecedores. Fiquei um tempo ali observando, foi quando ouvi uma voz feminina e uma voz masculina, que estavam pedindo licença e permissão aos Guardiões dos meus portais para entrarem em meu domínio. Eu me virei rapidamente em direção aos meus portais, e pude ver vindo domínio adentro um casal de irmãos, eles se curvaram, me reverenciaram e pediram licença e permissão para permanecer em meu domínio por alguns instantes. Eu concedi, pois se passaram pelos portais do meu domínio e lá dentro já estavam, era porque os Guardiões dos portais já tinham dado licença e permissão a eles, por saberem de quem se tratava e o que foram fazer ali. Eles pararam diante de mim e fiquei observando-os por alguns instantes, e pude perceber que as vibrações deles eram muito diferentes das vibrações de quem tinha seus domínios à esquerda do Criador de tudo e de todos. Esses dois irmãos precisaram baixar suas vibrações, deixando-as mais densas, para poderem entrar em meu domínio, também precisaram usar vestimentas diferentes das que usavam antes de ali chegarem.

Devo dizer que mesmo esses dois irmãos deixando suas vibrações mais densas e usando vestimentas diferentes das que usam em seus domínios para ali entrarem, ainda assim não era igual as vibrações de quem tem seu domínio à esquerda do Criador de tudo e de todos. Eles tiveram de agir assim porque estavam vindo de domínios posicionados à direta do Criador de tudo e de todos para resgatar em meu domínio irmãos que ali estavam e que a eles pertenciam, e que até aquele momento estavam em meu domínio sobre os ditames da Lei, mas que seriam resgatados, socorridos e curados pelos dois irmãos que ali estavam, vindos dos domínios à direta do Criador de tudo e de todos, pois os irmãos que atuam à direita do Criador de tudo e de todos, sempre que precisam realizar trabalhos de resgate nos domínios à esquerda do Criador de tudo e de todos, têm a nossa permissão, mas para isso eles baixam suas vibrações, deixando-as densas e também trocam suas vestimentas, e aqui eles chegam com muito respeito, pois nós, do lado esquerdo do Criador de tudo e de todos, também os respeitamos.

Esses dois irmãos se posicionaram em minha frente e então me reverenciaram, e já sabíamos que éramos grandes conhecidos e que vivemos juntos na carne nessa minha última reencarnação, em que vivi Miliny, e aquela irmã viveu dona Preta, aquela sábia senhora que ensinou muito a Miliny sobre os mistérios das ervas e sobre os mistérios da Natureza, para que ela fizesse bom uso desses ensinamentos, mas, como sabem, não foi isso que ela fez. Aquele irmão que ali estava viveu também comigo na carne, ele foi o tio Silvério de Miliny, o que a acolheu quando seu pai a desprezou e a seu modo ele a amou e cuidou enquanto foi necessário.

Hoje esses dois irmãos são grandes aos olhos do Criador de tudo e de todos, pois atuam à direita d'Ele em benefício dos necessitados. Essa irmã atua auxiliando, ajudando na cura das doenças materiais e espirituais dos humanos por meio das ervas e dos mistérios nela contidos, e também através dos mistérios da Natureza, dos quais ela é grande conhecedora. E esse irmão hoje atua à direita do Criador de tudo e de todos, zelando sempre pelos mistérios da Justiça Divina. Então, por mistérios neles contidos, já foram recolhendo com minha permissão todos os seus que ali estavam. Após esse trabalho realizado novamente eles se posicionaram em minha frente, curvaram-se diante de mim, reverenciaram-me, pediram licença e permissão para dali se retirarem e me agradeceram por ter amparado em meu domínio diante da Lei aqueles irmãos que a eles pertenciam. Dei-lhes permissão para que se retirassem e, no mesmo instante, eles espalmaram suas mãos para a frente e acima de suas cabeças, e rapidamente se retiraram.

Sempre que é necessário, nós realizamos grandes trabalhos juntos, principalmente no meio humano, pois o lado esquerdo do Criador de tudo e de todos está sempre ligado ao lado direto d'Ele, pois a treva atua em prol da Luz e da Lei, portanto luz e treva estão sempre lado a lado, uma à direta do Criador de tudo e de todos, e a outra à esquerda d'Ele.

Tudo o que me foi permitido relatar sobre minha história de vida na carne e de vida em espírito eu relatei, e vos digo: Eu, Senhora Pombagira Rainha das Encruzilhadas, atuante nas trevas em prol da Luz e da Lei à esquerda do Criador de tudo e de todos, estou sempre atuando em seus caminhos e em suas vidas, principalmente nas encruzilhadas de seus caminhos e nas encruzilhadas de suas vidas, pois assim designou o Criador de tudo e de todos. Se clamar por mim e se for de seu merecimento, lá eu estarei para ajudá-lo; e se estiver caído, eu o levantarei; mas se no chão estiver por vontade própria ou sob os mistérios punidores da Lei, no chão o deixarei. Se pedir meu auxílio em seu benefício ou de seu irmão, pedindo-me saúde, prosperidade, anulação de seu negativismo, quebrar demandas, curar sua doenças, livrá-lo de ações negativas, abrir seus caminhos, curar, regenerar e equilibrar seu espírito, sua matéria e seus campos, eu o auxiliarei, se for de seu merecimento. Mas, se clamares por mim com a intenção de prejudicar seu irmão, seu semelhante, eu lhe devolverei em dobro tudo o que me pedistes de negativo, e então sentirá a fina e afiada lâmina do meu punhal e o peso dele sobre sua vida, pois o meu belo, dourado e brilhante punhal tem um lado que cura e um lado que fere.

Quando passar por uma encruzilhada e se lembrar de mim, diga mentalmente: "Salve a Senhora Pombagira Rainha das Encruzilhadas, salve vossas forças". Nesse dia eu atuarei com mais forças em sua vida.

OFERENDA PARA A SENHORA POMBAGIRA RAINHA DAS ENCRUZILHADAS

- Velas vermelhas;
- Cigarro de filtro amarelo ou cigarrilha;
- Vinho tinto e doce;
- Uma taça de champanhe rosé com uma pimenta vermelha dentro da taça;
- Rosas vermelhas, amarelas e margaridas;
- Maçã vermelha;
- Amora;
- Uvas pretas;
- Cereja;
- Romã.

Pode ser entregue na encruzilhada, ou em qualquer canto de sua casa, do lado de fora, mas sempre com amor, fé e respeito.

Prece à Senhora Pombagira
Rainha das Encruzilhadas

Senhora Pombagira Rainha das Encruzilhadas, a Senhora que tem seu domínio à esquerda do Criador de tudo e de todos e que atua em prol da Luz e da Lei, que é possuidora de muitos mistérios e de grande sabedoria.
Eu vos clamo que de dentro dos vossos sagrados mistérios a Senhora venha em meu auxílio, cortando, desmanchando, desamarrando, desacorrentando, desenterrando, desatando, destrancando, anulando e purificando tudo que esteja ativado ou atuando negativamente contra mim, minha casa e minha família. Sagrada Senhora Pombagira Rainha das Encruzilhadas, eu vos peço também que me livre das minhas aflições, dos meus tormentos, das minhas dores, da mágoa, da inveja, do ódio, da angústia, da apatia, do desânimo, da arrogância, dos vícios e da ignorância, pois tudo isso me impede de caminhar rumo a minha evolução. Também vos clamo, Senhora, que se eu me perder em meio as encruzilhadas dos meus caminhos, da minha vida, que nesse momento a Senhora esteja presente para me mostrar a direção, me dar sustentação e amparo para que eu siga adiante. Livra-me das muralhas que me causam desequilíbrio, tormentos e que me arrastam para a escuridão das trevas dos meus pensamentos, das minhas atitudes e dos meus atos.
Livra-me também dos desejos e das paixões desordenadas, desequilibradas e vampirizadas. Não permita que dos meus olhos caiam lágrimas de tristeza, de ódio nem de dor, e que eu não atente contra as Leis Divinas e nem
perca o meu amor pela vida.
Senhora Pombagira Rainha das Encruzilhadas, eu vos clamo e vos peço que no brilho da fina lâmina do vosso punhal seja ofuscada a visão dos meus inimigos todas as vezes em que

tentarem me atingir com pensamentos, atos e palavras, não
permita que eles zombem de mim. Que no poder de vossa
pedra de cristal sejam curados todos os males do meu espírito
e da minha matéria, e que me traga a saúde e o vigor.
E se meus tormentos e minhas dores parecerem maiores que
minha fé, que a Senhora me envie suas vibrações e
irradiações Divinas, para que assim eu desperte e veja a
grandeza da vida. Que a Senhora me cubra com seu sagrado
xale todas as vezes que eu fraquejar diante de um obstáculo.
Ampare-me, guie-me e me dê a sua bênção, para
que eu possa cumprir aqui na carne tudo o que o Criador de
tudo e de todos me designou. Que assim seja!

Salve a Senhora Pombagira
Rainha das Encruzilhadas!